Johanna Spyri
Am Silser- und am Gardasee

I0561728

fabula Verlag Hamburg

ISBN: 978-3-95855-265-4
Druck: fabula Verlag Hamburg, 2014
Covergestaltung: Marta Monika Czerwinski

Der fabula Verlag Hamburg ist ein Imprint der Diplomica Verlag GmbH.
Bibliografische Information der Deutschen Nationalbibliothek:
Die Deutsche Nationalbibliothek verzeichnet diese Publikation in der Deutschen Nationalbibliografie; detaillierte bibliografische Daten sind im Internet
über http://dnb.d-nb.de abrufbar.

Johanna Spyri

Am Silser- und am Gardasee

 fabula

Friedrich Andreas Perthes, Aktiengesellschaft, Gotha

Inhalt

Erstes Kapitel

Im stillen Hause

Im Ober-Engadin, an der Straße gegen den Maloja hinauf, liegt ein einsames Dörfchen, das heißt Sils. Da geht man von der Straße querfeldein, und hinten, ganz nahe an den Bergen, liegt ein kleiner Ort, der heißt Sils-Maria. Da standen zwei Häuschen einander gegenüber, ein wenig abseits im Felde. Die hatten beide uralte hölzerne Haustüren und ganz kleine Fenster tief in der Mauer drinnen. Beim einen Haus war ein kleines Stück Garten, da wuchs Kraut und Kohl und es standen auch vier Blumenstöcke darin, die sahen aber mager aus und aufgeschossen wie das Kraut. Beim anderen Häuschen war gar nichts als ein kleiner Stall neben der Tür; da krochen zwei Hühner aus und ein. Dies Häuschen war noch ziemlich kleiner als das andere, und die hölzerne Tür war schwarz vor Alter.

Aus dieser Tür trat jeden Morgen um dieselbe Zeit ein großer Mann, der mußte sich bücken, um hinauszukommen. Der große Mann hatte ganz glänzend schwarze Haare und schwarze Augen, und unter der schön geformten Nase fing gleich ein so dichter, schwarzer Bart an, daß man vom übrigen Gesichte nichts mehr sah als die weißen Zähne, die zwischen den Barthaaren durchblitzten, wenn der Mann einmal sprach; aber er sprach sehr wenig. Alle Leute in Sils kannten den Mann, aber niemand nannte ihn bei einem Namen, er hieß bei allen nur „der Italiener". Er ging regelmäßig den schmalen Weg querüber gegen Sils hin und den Maloja hinauf. Dort wurde viel an der Straße gebaut, und da hatte der Italiener seine Arbeit. Ging er aber nicht den Weg hinauf, so ging er hinunter, dem Bade St. Moritz zu; dort baute man Häuser, und er fand auch seine Arbeit. Da blieb er den Tag über und kehrte erst am Abend wieder ins Häuschen zurück. Gewöhnlich, wenn er am Morgen aus der Tür trat, stand hinter ihm ein Büblein; das stellte sich auf die Türschwelle, wenn der Vater draußen war, und schaute mit den großen, dunklen Augen lange hinaus dem Vater nach, oder sonst wohin, man hätte nicht sagen können, wohin, denn es war, als ob die dunklen Augen über alles wegschauten, was vor ihnen lag, und auf etwas hin, das niemand sehen konnte.

Am Sonntagnachmittag, wenn die Sonne schien, dann traten die beiden auch manchmal miteinander aus dem Häuschen und gingen nebeneinander her die Straße hinauf. Und wenn man sie so ansah, so sah man ganz dasselbe vor sich in den zwei Gestalten, nur bei dem Büblein alles im kleinen, aber es war ganz wie vom Vater abgeschnitten, bis auf den schwarzen Bart, den hatte es nicht, sondern ein schmales, bleiches Gesichtchen war da zu sehen, mit dem schöngeformten Näschen in der Mitte, und um den Mund herum lag etwas Trauriges, wie wenn er nicht lachen möchte. Das konnte man beim Vater nicht sehen vor dem Bart.

Wenn nun die beiden so nebeneinander hergingen, dann sagte keiner ein Wort zu dem anderen; meistens summte der Vater leise ein Lied, manchmal auch lauter, und das Büblein hörte zu. Wenn es aber regnete am Sonntag, dann saß der Vater daheim im Häuschen auf der Bank am Fenster, und das Büblein saß neben ihm, und sie sagten wieder nichts zueinander. Aber der Vater zog eine Mundharmonika hervor und spielte eine Melodie nach der anderen, und das Büblein hörte aufmerksam zu. Manchmal nahm er auch einen Kamm oder ein Baumblatt und lockte Melodien daraus hervor, oder er schnitt ein Stück Holz zurecht und pfiff darauf ein Lied. Es war, als gäbe es keinen Gegenstand, dem er nicht Musik entlocken könnte. Aber einmal hatte er eine Geige mit nach Hause gebracht, die hatte das Büblein so entzückt, daß es sie nie wieder vergessen konnte. Der Vater hatte viele Lieder und Melodien darauf gespielt und das Büblein unverwandt zugeschaut, nicht nur zugehört; und wie der Vater die Geige weggelegt hatte, da hatte sie das Büblein leise genommen und probiert, wie man die Melodien herausbringe. Und es mußte es so gar schlecht nicht gemacht haben, denn der Vater hatte gelächelt und gesagt: „So komm!" und hatte seine großen Finger auf die kleinen gelegt mit der linken Hand, und mit der rechten die Hand des Bübleins mitsamt dem Bogen in die seinige genommen, und so hatten sie eine gute Zeitlang fortgegeigt allerlei Melodien.

Die folgenden Tage, wenn der Vater fort war, hatte das Büblein fort und fort probiert und gegeigt, bis es eine Melodie herausgebracht hatte; aber da war auf einmal die Geige wieder verschwunden und kam nie wieder zum Vorschein. Zuweilen, wenn sie so zusammensaßen, fing der Vater auch an zu singen, erst nur leise und dann immer deutlicher, wenn er einmal daran war. Dann sang das Büblein auch mit, und wenn es die Worte nicht recht mitsingen konnte, so sang es doch die Töne; denn der Vater sang immer italienisch, und es verstand vieles, aber es war ihm nicht so recht bekannt und geläufig zum Singen. Da aber war eine Melodie, die konnte es besser als alle anderen, denn der Vater hatte sie vielhundertmal gesungen.

Sie gehörte zu einem langen Lied, das fing so an:

„Una sera
In Peschiera" –

Es war eine ganz wehmütige Melodie, die einer zu der kurzweiligen Romanze gemacht hatte, und sie gefiel dem Büblein besonders wohl, so daß es sie immer mit Freuden und ganz andächtig absang, und es tönte gut, denn das Büblein hatte eine helle, glockenreine Stimme, die floß so schön mit des Vaters kräftigem Baß zusammen. Auch jedesmal, wenn dieses Lied zu Ende gesungen war, klopfte der Vater den Kleinen freundlich auf die Schulter und sagte: „Bene, –Encrico,– va bene." So nannte aber nur der Vater den Knaben, bei allen anderen Leuten hieß er nur „Rico". Da war auch noch eine Base, die mit in dem Häuschen wohnte, die flickte und kochte und alles in Ordnung hielt. Im Winter saß sie am Ofen und spann, da mußte Rico immer nachdenken, wie er seine Gänge einrichten könne, denn sobald er die Tür aufmachte, sagte die Base: „Laß doch einmal diese Tür in Ruh', es wird ja ganz kalt in der Stube." Er war dann oft lange allein mit der Base. Der Vater hatte in der Zeit irgendwo unten im Tale Arbeit und blieb viele Wochen lang fort.

Zweites Kapitel

In der Schule

Rico war bald neun Jahre alt und hatte schon zwei Winter hindurch die Schule besucht, denn im Sommer gab es da droben in den Bergen keine Schule; da hatte der Lehrer seinen Acker zu bebauen und zu grasen und zu hauen wie alle anderen Leute, zur Schule hatte dann niemand Zeit. Das tat aber dem Rico nicht besonders leid, er wußte sich schon zu unterhalten. Wenn er sich am Morgen dort auf die Schwelle gestellt hatte, so blieb er stehen, schaute hinaus mit träumenden Augen und bewegte sich nicht, und so konnte er stundenlang stehen, wenn nicht drüben am anderen Häuschen die Türe aufging und ein kleines Mädchen herauskam und lachend zu ihm herüberschaute; dann lief Rico schnell hinüber, und die Kinder hatten sich schon wieder viel zu sagen seit gestern Abend, wo sie sich zuletzt gesehen hatten, ehe Stineli ins Haus gerufen wurde. Stineli hieß das Mädchen und war gerade so alt wie Rico; sie hatten miteinander angefangen in die Schule zu gehen und waren in derselben Klasse, und schon von jeher waren sie immer beieinander gewesen, denn es war ja nur ein schmaler Weg zwischen ihren Wohnungen und sie waren die allerbesten Freunde. Rico hatte auch nur diese einzige Freundschaft, denn mit den Buben ringsherum hatte er keine Freude, und wenn sie sich prügelten und auf dem Boden herumwarfen und sich auf die Köpfe stellten, dann ging er davon und schaute nicht einmal zurück. Wenn sie aber riefen: „Jetzt wollen wir einmal den Rico abprügeln", dann stand er still und stellte sich geradeauf hin und machte gar nichts; aber er schaute sie mit den dunkeln Augen so merkwürdig an, daß ihn keiner packte.

Aber beim Stineli war's ihm wohl zumute. Es hatte ein lustiges Stumpfnäschen und darüber zwei braune Augen, die lachten immerfort, und um den Kopf hatte es zwei dicke, braune Zöpfe gebunden, die sahen sehr sauber aus, denn das Stineli war ein ordentliches Mädchen und wußte sich zu helfen; es war auch in einer guten Schule Tag für Tag. Stineli war wohl kaum neun Jahre alt, aber es war die älteste Tochter und mußte der Mutter überall helfen, und da war viel zu tun. Denn nach dem Stineli kamen noch: das Trudi und der Sami und der Peterli, und das Urschli und das Anne-Deteli und der Kunzli, und dann noch das Ungetaufte. Immerfort rief man nach dem Stineli aus allen Ecken, und es war dabei so flink geworden, daß ihm alles aus der Hand lief wie von selbst. Den Kleinen hatte es immer schon drei Strümpfe und zwei Schuhe angezogen und festgebunden, eh' das Trudi dem einen, dem es helfen sollte, nur die Beine dazu in die rechte Stellung gebracht hatte. Und wenn in der Stube die kleinen Kinder und in der Küche die Mutter miteinander dem Stineli riefen, dann rief der Vater noch aus dem Stall herüber, er hatte dort die Kappe verlegt oder die Peitsche war verknüpft, und das Stineli mußte ihm helfen, denn es fand die Kappe immer gleich, sie war meistens auf dem Futterkasten, und seine gelenkigen Finger brachten die Peitschenschnur gleich auseinander. So war das Stineli immerfort im Laufen und am Arbeiten, aber es war ganz lustig und munter dabei, und im Winter war es froh über die Schule, denn dann wanderte es dahin und wieder heim mit dem Rico, und in der Pause gingen sie auch zusammen. Und im Sommer war es wieder froh, da gab es schöne Sonntagabende, da es hinaus durfte; dann zog es aus mit dem Rico, der schon lange drüben unter der Tür gewartet hatte, und sie liefen Hand in Hand über die große Wiese hin nach der bewaldeten Anhöhe drüben, die weit in den See hinausgeht wie eine Insel. Dort oben saßen sie unter den Tannen und schauten in den grünen See hinunter und hatten einander so viel zu erzählen und zu fragen, und es war ihnen so wohl, daß das Stineli sich die ganze Woche und durch alles durch freute, denn es wurde immer wieder Sonntag.

In dem Häuschen aber war noch jemand, der dann und wann nach dem Stineli rief, das war die alte Großmutter. Die rief aber nicht, damit es ihr noch helfe, sondern sie hatte ihm etwa einen Blutzger zu geben, der ihr in die Hand kam, oder sonst etwas, denn Stineli war ihr Liebling und sie sah es mehr als sonst irgend jemand, wie viel das Stineli schon tun mußte für sein Alter, mehr als die meisten Kinder. Darum gab sie ihm gern etwas, daß es auch wie andere Kinder am Jahrmarkt etwas kaufen könne, etwa ein rotes Bändeli oder ein Nadelbüchsli. Die Großmutter war auch gegen Rico sehr gut und sah die Kinder gern beisammen und tat auch manchmal etwas für das Stineli, daß es mit dem Rico noch ein wenig draußen bleiben durfte.

An den Sommerabenden saß sie immer vor dem Häuschen auf dem Holzstumpf, der da lag; und oft standen Stineli und Rico bei ihr und sie erzählte ihnen etwas. Wenn dann die Betglocke zu läuten anfing vom Türmchen, so sagte sie: „Jetzt müßt ihr jedes ein Vaterunser beten, und das dürft ihr nie vergessen, daß man am Abend sein Vaterunser beten muß; dazu läutet die Betglocke."

„Und seht, Kinder", sagte die Großmutter von Zeit zu Zeit einmal wieder, „ich habe schon lange gelebt und viel gesehen, und ich kenne nicht einen, der nicht einmal in seinem Leben sein Vaterunser nötig gehabt hätte, aber manchen, der es mit Angst gesucht und nicht mehr gefunden hat, wenn die Not da war." Dann standen Stineli und Rico ganz andächtig da und jedes betete ein Vaterunser.

Jetzt war es Mai und eine kleine Zeit mußte die Schule

noch dauern, lange konnte es nicht mehr sein, denn es grün-
te unter den Bäumen und große Strecken waren ganz frei von
Schnee. Rico stand schon unter der Tür seit einer guten Weile und stellte diese Betrachtungen an. Dabei schaute er immer wieder nach der Tür drüben, ob sie noch nicht aufgehen
wollte. Jetzt ging sie auf und Stineli kam herausgesprungen.

„Bist du schon lang dagestanden? Hast du wieder gestaunt,
Rico?" rief es lachend. „Siehst du, heut' ist es noch früh, wir
können langsam gehen."

Jetzt nahmen sie einander bei der Hand und wanderten
der Schule zu.

„Denkst du immer noch an den See?" fragte Stineli im Gehen. „Ja gewiß", versicherte Rico mit ernstem Gesicht, „und
manchmal träumt es mir auch davon und ich sehe so große,
rote Blumen daran und drüben die violetten Berge."

„Ach, das gilt nicht, was es einem träumt", sagte Stineli
lebhaft; „es hat mir auch einmal geträumt, der Peterli kletterte ganz allein auf die allerhöchste Tanne hinauf, und wie er
auf dem obersten Zweiglein saß, da war's nur noch ein Vogel,
und er rief herunter: ‚Stineli, zieh mir die Strümpf' an.' Jetzt
siehst du doch, daß das nichts sein kann."

Rico mußte stark nachdenken, wie das sei, denn sein Traum
konnte doch sein und war nur wie etwas, das ihm wieder in
den Sinn kam. Aber jetzt waren sie nahe beim Schulhaus angelangt und ein ganzer Trupp Kinder lärmte von der anderen
Seite daher. Sie traten alle miteinander ein, und bald nachher
kam auch der Lehrer. Der war ein alter Mann mit dünnen,
grauen Haaren, denn er war schon undenklich lang Lehrer
gewesen, so daß ihm darüber die Haare grau geworden und
ausgefallen waren. Es ging nun an ein strenges Buchstabieren
und Syllabieren, dann kam das Einmaleins an die Reihe und
zuletzt kam der Gesang. Da holte der Lehrer seine alte Geige
hervor und stimmte sie, und nun ging es an und alle sangen
aus voller Kehle:

„Ihr Schäflein hinunter
Von sonniger Höh'",

und der Lehrer geigte dazu.

Nun schaute aber der Rico so gespannt auf die Geige und des Lehrers Finger, wie dieser die Saiten griff, daß Rico darüber ganz das Singen vergaß und keinen Ton mehr von sich gab. Jetzt fiel mit einem Male die ganze Sängerherde einen halben Ton hinunter, da wurde die Geige auch unsicher und fiel nach, und die Sänger fielen noch tiefer, und man kann gar nicht wissen, wie tief hinunter alles miteinander gefallen wäre, – aber jetzt warf der Lehrer die Geige auf den Tisch und rief erzürnt: „Was ist das für ein Gesang! Ihr unvernünftigen Schreier! Wenn ich doch wissen könnte, wer mir so falsch singt und einen ganzen Gesang verdirbt!"

Da sagte ein kleiner Bube, der neben Rico saß: „Ich weiß schon, warum es so gegangen ist; allemal geht es so, wenn der Rico aufhört zu singen."

Dem Lehrer war es selbst nicht so ganz unbekannt, daß die Geige am sichersten ging, wenn Rico fest mitsang.

„Rico, Rico, was muß ich hören", sagte er ernsthaft, zu diesem gewandt. „Du bist sonst ein ordentliches Büblein, aber Unachtsamkeit ist ein großer Fehler, das hast du jetzt gesehen. Ein einziger unachtsamer Schüler kann einen ganzen Gesang verderben. Jetzt wollen wir noch einmal anfangen, und daß du aufpassest, Rico!"

Nun setzte Rico mit fester, klarer Stimme ein, und die Geige folgte nach, und alle Kinder sangen aus allen Kräften mit, so daß es ganz herrlich anzuhören war bis zum Schluß. Da war der Lehrer sehr zufrieden und rieb sich die Hände und tat noch ein paar feste Striche auf der Geige und sagte vergnüglich: „Es ist auch ein Instrument danach."

Drittes Kapitel

Des alten Schullehrers Geige

Vor der Tür hatten sich Stineli und Rico bald aus dem Rudel herausgemacht und zogen zusammen ihren Weg.

„Hast du vor lauter Staunen nicht mehr mitgesungen, Rico?" fragte jetzt Stineli. „Ist dir etwa auf einmal der See in den Sinn gekommen?"

„Nein, etwas anderes", sagte Rico; „ich weiß jetzt, wie man spielt: ‚Ihr Schäflein hinunter'. Wenn ich nur eine Geige hätte!"

Der Wunsch mußte Rico schwer auf dem Herzen liegen, denn er kam mit einem tiefen Seufzer heraus. Stineli war gleich ganz voller Teilnahme und unternehmender Gedanken.

„Wir wollen eine kaufen zusammen", rief es plötzlich in großer Freude über die Hilfe, die ihm in den Sinn gekommen war. „Ich habe ganz viele Blutzger von der Großmutter, etwa zwölf; wie viele hast du?"

„Gar keinen", sagte Rico traurig; „der Vater hat mir ein paar gegeben, ehe er fortging. Aber die Base hat gesagt, ich mache nur unnützes Zeug damit, und hat sie genommen und ganz hoch hinauf in den Kasten gelegt; man kann sie nicht mehr erlangen."

Aber Stineli ließ sich nicht so bald entmutigen. „Vielleicht haben wir doch genug Geld, und die Großmutter gibt mir schon noch ein wenig", sagte es tröstend; „weißt du, Rico, eine Geige kostet nicht so viel; es ist nur altes Holz und vier Saiten darüber gespannt, das kostet nicht viel. Du mußt nur morgen den Lehrer fragen, was eine Geige kostet, und nachher suchen wir eine."

So blieb es ausgemacht, und Stineli dachte, es wolle daheim tun, was es nur könne, und ganz früh aufstehen und das Feuer anmachen, eh' nur die Mutter auf sei; denn wenn es so immerfort etwas tat von früh bis spät, steckte ihm gewöhnlich die Großmutter einen Blutzger in den Sack.

Am folgenden Morgen, als die Schule aus war, ging Stineli allein hinaus und an der Ecke vom Schulhaus stand es still hinter dem Holzhaufen und wartete auf den Rico, der jetzt den Lehrer fragen sollte wegen der Geige. Er kam lange nicht heraus, und Stineli guckte immer wieder mit Ungeduld hinter dem Holze hervor, aber es waren nur die anderen Buben, die noch da und dort herumstanden. Aber jetzt – richtig, Rico kam um den Holzhaufen herum. Da war er.

„Was hat er gesagt, was kostet sie?" rief Stineli mit angehaltenem Atem vor Erwartung.

„Ich habe nicht fragen mögen", antwortete Rico verzagt.

„O, wie schade!" sagte Stineli und stand ganz verblüfft da, aber nicht lange. „Es ist gleich, Rico", sagte es wieder fröhlich und nahm ihn bei der Hand zum Heimgehen, „du kannst nur morgen fragen. Ich habe auch schon wieder einen Blutzger bekommen heute früh von der Großmutter, weil ich schon auf war, als sie in die Küche kam."

Nun ging es aber am folgenden Tage wieder ganz gleich und am dritten auch; Rico blieb immer eine halbe Stunde lang vor der Wohnstube des Lehrers stehen und mochte nicht hineingehen und seine Frage tun. Da dachte Stineli heimlich: Wenn er noch drei Tage lang nicht fragt, dann frag' ich. Aber am vierten Tage, als Rico wieder nachdenklich und zaghaft an der Tür stand, ging diese plötzlich auf, und der Lehrer trat eilig heraus und stieß so gewaltig gegen den Rico an, daß das federleichte Büblein ein gutes Stück rückwärts flog. In großem Erstaunen und ziemlichem Unwillen stand der Lehrer da. „Was ist das, Rico?" fragte er jetzt, als der Kleine wieder am Platze stand. „Warum kommst du an eine Tür und klopfest nicht an, wenn du da etwas zu verrichten hast; wenn du aber nichts da zu verrichten hast, warum entfernst du dich nicht? Solltest du mir aber etwas zu berichten haben, so kannst du's gleich hier sagen. Was wolltest du?"

„Was kostet eine Geige?" stürzte Rico vor lauter Angst in voller Hast heraus.

Des Lehrers mißbilligendes Erstaunen wuchs sichtlich. „Rico, was muß ich von dir denken?" fragte er mit gestrenger Miene; „kommst du extra an die Tür deines Lehrers, um unnütze Fragen an ihn zu tun? oder hast du eine Absicht? Was hast du damit sagen wollen?"

„Ich habe nichts sagen wollen", entgegnete Rico schüchtern, „nur fragen, was eine Geige kostet."

„Du hast mich nicht verstanden, Rico; paß jetzt auf, was ich dir sage: ein Mensch spricht etwas aus und denkt sich dabei einen Zweck; oder er denkt sich nichts dabei, das sind unnütze Worte. Nun paß auf, Rico: hast du soeben diese Frage getan aus gar keinem Grunde, oder aus Neugierde, oder hat dich jemand geschickt, der gern eine Geige anschaffen wollte?" „Ich wollte gern eine kaufen", sagte Rico ein wenig herzhafter; aber er erschrak sehr, als der Lehrer mit einem Male in hellem Zorn ihn anfuhr: „Was? Was sagst du da? So ein – verlorenes, unvernünftiges, welsches Büblein, wie du eins bist, eine Geige kaufen? Weißt du denn, was eine Geige ist? Weißt du, wie alt ich war und was ich gelernt hatte, eh' ich eine Geige anschaffen konnte? Lehrer war ich, fertiger Lehrer, zweiundzwanzig Jahre alt und stand in meinem Beruf! Und dann so ein Büblein, wie du eins bist! Und jetzt will ich dir sagen, was eine Geige kostet, so kannst du deinen Unverstand bemessen. Sechs harte Gulden habe ich bezahlt dafür; kannst du dir die Summe vergegenwärtigen? Wir wollen sie gleich einmal in Blutzger auflösen: Enthält ein Gulden 100 Blutzger, so enthalten sechs Gulden 6 x 100 gleich? – gleich? – Nun Rico, du bist sonst keiner von den Ungeschickten, – gleich?"

„Gleich 600 Blutzger", ergänzte Rico leise, denn der Schrecken versagte ihm die Stimme, nun er die Summe überschaute und Stinelis zwölf Blutzger damit verglich.

„Und dann, Büblein", fuhr der Lehrer im Zuge weiter fort, „was meinst du? Meinst du, es nimmt einer eine Geige nur in die Hand und spielt? Da muß einer anders dran, bis er so weit ist. Komm gleich einmal da herein" – und der Lehrer machte die Tür auf und nahm die Geige von der Wand –; „da, nimm sie einmal in den Arm und den Bogen in die Hand; so, Büblein, und wenn du mir nun c d e f herausbringst, so geb' ich dir gleich einen halben Gulden." Rico hatte wirklich die Geige im Arm; seine Augen leuchteten auf wie Feuer. c d e f – spielte er fest und völlig korrekt. „Du Erzblitzbub", rief der Lehrer vor Bewunderung aus, „woher kannst du das? Wer hat dich's gelehrt? Wie kannst du die Töne finden?"

„Ich kann noch etwas, wenn ich's spielen darf", sagte Rico und schaute mit Verlangen auf das Instrument in seinem Arm.

„Spiel's!" bedeutete der Lehrer. Jetzt spielte Rico mit aller Sicherheit und freudestrahlenden Augen:

> *„Ihr Schäflein hinunter*
> *Von sonniger Höh',*
> *Der Tag ging schon unter,*
> *Für heute ade!"*

Der Lehrer hatte sich auf einen Stuhl niedergelassen und die Brille aufgesetzt. Er schaute mit ernster Prüfung jetzt auf Ricos Finger, dann auf seine funkelnden Augen, dann wieder auf die Finger. Rico hatte fertig gespielt.

„Komm hier zu mir her, Rico!"

Der Lehrer rückte seinen Stuhl ins Licht, und Rico mußte

sich gerade vor ihm aufstellen. „So, nun muß ich ein Wort mit dir reden. Dein Vater ist ein Welscher, Rico, und siehst du, dort unten gehen allerhand Dinge, von denen wir hier in den Bergen nichts wissen. Nun sieh mir in die Augen und sag mir aufrichtig und der Wahrheit gemäß: Wie bist du dazu gekommen, diese Melodie ohne Fehler auf meiner Geige zu spielen?"

Rico schaute den Lehrer mit ganz ehrlichen Augen an und sagte: „Ich habe sie Euch abgelernt in der Singschule, wo wir sie so viel singen."

Diese Worte gaben der Sache eine ganz andere Wendung. Der Lehrer stand auf und ging einige Male hin und her. So war er selbst der Urheber dieser wunderbaren Erscheinung; da waren also keine Schwarzkünste dabei im Spiel. Mit versöhntem Gemüte zog er jetzt seinen Beutel hervor: „Da ist ein halber Gulden, Rico, er gehört dir mit Recht. Nun fahr so fort und sei recht aufmerksam auf das Geigenspiel, solange du zur Schule gehst, so kannst du's zu etwas bringen, und in zwölf bis vierzehn Jahren wird die Zeit da sein, da du auch eine Geige anschaffen kannst. Jetzt kannst du gehen."

Rico warf noch einen Blick auf die Geige, dann ging er mit der allertiefsten Betrübnis im Herzen.

Stineli kam hinter dem Holzstoß hervorgerannt: „Diesmal bist du aber lang geblieben, hast du gefragt?"

„Es ist alles verloren", sagte Rico, und seine Augenbrauen kamen vor Leid so nah zusammen, daß ein dicker, schwarzer Strich war über die Augen hin. „Eine Geige kostet sechshundert Blutzger, und in vierzehn Jahren kann ich eine kaufen, wenn schon lange alles tot ist; wer wollte noch am Leben sein in vierzehn Jahren. Da, das kannst du haben, ich will's nicht." Damit drückte er den halben Gulden in Stinelis Hand.

„Sechshundert Blutzger!" wiederholte Stineli voller Entsetzen. „Aber woher hast du das viele Geld hier?"

Rico erzählte nun alles, wie es gegangen war bei dem Lehrer, und endete wieder mit dem Worte des größten Leides: „Jetzt ist alles verloren."

Stineli wollte ihm wenigstens seinen halben Gulden aufdringen als einen ganz kleinen Trost; aber er war ganz ergrimmt über den unschuldigen halben Gulden und wollte ihn nicht ansehen.

Da sagte Stineli: „So will ich ihn zu meinen Blutzgern tun und dann wollen wir das Geld alles miteinander teilen und alles gehört uns zusammen." Diesmal war auch Stineli sehr niedergeschlagen; als es aber mit Rico um die Ecke kam, wo es ins Feld hineinging, lag der schmale Fußweg so schön trocken in der Sonne bis zur Haustür hin, und dort flimmerte das Plätzchen davor auch ganz weiß und trocken, und Stineli rief:

„Sieh, sieh, nun wird's Sommer, Rico, und wir können wieder in den Wald hinauf; dann freut's dich auch wieder. Wollen wir schon am Sonntag gehen?"

„Es freut mich gar nichts mehr", sagte Rico; „aber wenn du gehen willst, so will ich schon mitkommen."

An der Tür wurde es noch ganz ausgemacht, am Sonntag wollten sie hinübergehen auf die Waldhöhe, und dem Stineli kam schon wieder die Freude obenauf. Es tat auch noch die Woche durch, was es nur vermochte, und es gab viel zu tun; der Peterli und der Sami und das Urschli hatten die Röteln, und im Stall war eine Geiß krank, der mußte man öfter heißes Wasser bringen, und Stineli mußte da- und dorthin laufen und überall Hand anlegen, sobald es nur aus der Schule kam, und am Samstag den ganzen Tag lang, bis spät am Abend, da mußte es noch den Stalleimer fegen. Da sagte aber auch der Vater am Abend: „Das Stineli ist ein handliches."

Viertes Kapitel

Der ferne, schöne See ohne Namen

Als am Sonntagmorgen Stineli die Augen aufmachte, hatte
es eine große Freude im Herzen und wußte zuerst gar nicht
warum, bis es sich besann, daß es Sonntag war und die Großmutter noch am Abend spät gesagt hatte: „Morgen mußt du
Sonntag haben, den ganzen Nachmittag; er gehört dir!"

Als das Mittagessen vorbei war und Stineli alle Teller weg-
getragen und den Tisch abgewaschen hatte, rief der Peterli:
„Komm zu mir, Stineli", und die zwei anderen im Bett schri-
en: „Nein, zu mir!" Und der Vater sagte: „Das Stineli muß
nach der Geiß sehen."

Aber nun ging die Großmutter in die Küche hinaus und
winkte dem Stineli nach. „Geh du jetzt in Frieden", sagte sie,
„der Geiß und den Kindern will ich schon nachgehen, und
wenn's Betglocke läutet, kommt ordentlich heim." Die Großmutter wußte schon, daß ihrer zwei waren.

Jetzt schoß Stineli davon wie ein Vogel, dem man die
Käfigtür aufgemacht hat, und drüben stand Rico, der hatte
lange schon gewartet. Nun zogen sie aus über die Wiese hin,
der Waldhöhe zu. Die Sonne schien an allen Bergen und der
Himmel lag blau darüber. Auf der Schattenseite mußten sie
noch ein wenig im Schnee gehen bis hinauf, aber da kam die
Sonne von vorn und flimmerte über den See, und da waren
schöne, trockene Plätzchen am Abhang, steil über dem Wasser. Da saßen die Kinder hin; es pfiff ein scharfer Wind über
die Höhe und sauste ihnen um die Ohren. Stineli war lauter
Freude und Genuß. Ein Mal über das andere rief es aus:

„Sieh, sieh, Rico, die Sonne, wie schön! Jetzt wird's Sommer; sieh, wie es glitzert auf dem See. Es kann gar keinen schöneren See geben, als der ist", sagte es jetzt zuversichtlich.

„Ja, ja, Stineli, du solltest nur einmal den See sehen, den ich meine!" und Rico schaute so verloren über den See hin, als finge, was er ansehen wollte, erst dort an, wo man nichts mehr sah.

„Siehst du, dort stehen nicht so schwarze Tannen mit Nadeln, da sind so glänzende, grüne Blätter und große, rote Blumen, und die Berge stehen nicht so hoch und schwarz und so nah, nur weit drüben liegen sie ganz violett, und am Himmel und auf dem See ist alles golden und so still und warm; da tut der Wind nicht so und die Füße hat man nicht so voll Schnee, dann kann man immer so am sonnigen Boden sitzen und zuschauen."

Stineli war bald hingerissen; es sah schon die roten Blumen und den goldenen See vor sich, das mußte doch so schön sein.

„Vielleicht kannst du wieder einmal dahin gehen an den See und alles wieder sehen; weißt du den Weg?"

„Man geht auf den Maloja. Dort bin ich schon mit dem Vater gewesen: da hat er mir die Straße gezeigt, die geht den ganzen Weg hinunter, immer so hin und her, und weit unten ist der See, aber noch so weit, daß man fast nicht hinkommen kann."

„Ach, das ist ganz leicht", meinte Stineli, „du müßtest nur immer weiter gehen, so kämst du sicher zuletzt dahin." „Aber der Vater hat mir noch etwas gesagt; siehst du, Stineli: wenn man auf dem Wege ist und in ein Wirtshaus hineingeht und ißt und schläft da, so muß man immer bezahlen, da muß man wieder Geld haben."

„O, Geld haben wir jetzt so viel", rief Stineli triumphierend. Aber Rico triumphierte nicht mit.

„Das ist gerade so viel wie nichts, das weiß ich noch von der Geige her", sagte er traurig.

„So bleib du lieber daheim, Rico; sieh, es ist doch daheim so schön."

Eine Weile lang saß Rico nachdenklich da, seinen Kopf auf den Ellbogen gestützt, und seine Augenbrauen kamen wieder ganz zusammen. Jetzt kehrte er sich wieder zu Stineli, das unterdessen von dem weichen, grünen Moos ausrupfte und ein Bettlein machte, zwei Kissen und eine Decke, die wollte es dem kranken Urschli bringen. „Du sagst, ich soll nur daheim bleiben, Stineli", sagte er mit gefalteter Stirne; „aber siehst du, mir ist es gerade so, wie wenn ich nicht wüßte, wo ich daheim bin."

„Ach, was sagst du", rief Stineli und warf vor Erstaunen eine ganze Hand voll Moos weg. „Hier bist du daheim, natürlich. Da ist man immer daheim, wo man seinen Vater und seine Mutter –"; hier hielt es plötzlich inne: Rico hatte ja gar keine Mutter, und der Vater war schon so lang wieder fort, und die Base? – Stineli kam der Base nie zu nah, sie hatte ihm nie ein gutes Wort gegeben; es wußte gar nicht mehr, was sagen. Aber Stineli konnte in einem so unsicheren Zustande nicht lange bleiben. Rico hatte wieder zu staunen angefangen; auf einmal faßte es ihn am Arm und rief: „Nun möchte ich doch etwas wissen, wie heißt der See, wo es so schön ist?"

Rico besann sich. „Ich weiß es nicht", sagte er, selbst verwundert darüber.

Da schlug Stineli vor, sie wollten jemand fragen, wie er heißen könne; denn wenn Rico doch einmal viel Geld hätte und gehen könnte, so müßte er ja den Weg erfragen und einen Namen wissen. Nun fingen sie an zu beraten, wen man fragen könnte; den Lehrer oder die Großmutter. Da fiel es Rico ein, der Vater werde es am besten wissen; den wollte er fragen, sobald er heimkomme.

Unterdessen war die Zeit vergangen und auf einmal hörten die Kinder ganz in der Ferne ein leises Läuten. Sie kannten den Ton, es war die Betglocke. Sie sprangen gleich beide vom Boden auf und rannten miteinander Hand in Hand durch Gestrüpp und Schnee die Halde hinunter und über die Wiese hin, und es hatte noch nicht lange verläutet, so standen sie schon an der Tür, wo die Großmutter nach ihnen aussah.

Stineli mußte nun gleich ins Haus hinein, und die Großmutter sagte nur schnell: „Geh du auch gleich hinein, Rico, und bleib nicht mehr stehen vor der Tür."

Das hatte die Großmutter noch nie zu ihm gesagt, obschon er es immer tat, denn es gelüstete ihm nie, in das Haus hineinzugehen, und er stand immer erst eine Zeitlang vor der Haustür, ehe er's tat. Er gehorchte aber der Großmutter aufs Wort und ging gleich hinein.

Fünftes Kapitel

Ein trauriges Haus, aber der See hat einen Namen

Die Base war nicht in der Stube, so ging er wieder hinaus und machte die Küchentür auf. Da stand sie; aber ehe er nur eintreten konnte, hob sie den Finger in die Höh' und machte: „Bst! Bst! Mach nicht alle Türen auf und zu und einen Lärm, als kämen ihrer vier. Geh in die Stube hinein und halte dich still. Der Vater liegt oben in der Kammer; sie haben ihn auf einem Wagen gebracht, er ist krank."

Rico ging hinein und setzte sich auf die Bank an der Wand und bewegte sich nicht. So saß er eine gute halbe Stunde lang; die Base fuhr noch immer in der Küche herum. Da dachte Rico, er wolle ganz leise in die Kammer hineinschauen, vielleicht wollte der Vater auch etwas zu Abend essen, es war schon lange Zeit dazu.

Er schlich hinter dem Ofen die kleine Treppe hinauf und kroch in die Kammer hinein. Nach einiger Zeit kam er wieder und ging gleich in die Küche hinaus und bis nahe zur Base heran. Dann sagte er leise: „Base, kommt!"

Diese wollte ihn eben tüchtig anfahren, als ihre Blicke auf sein Gesicht fielen: es war völlig ohne Farbe, Wangen und Lippen weiß wie ein Tuch, und aus den Augen schaute er so schwarz, daß ihn die Base fast fürchtete.

„Was hast du?" fragte sie hastig und folgte ihm unwillkürlich. Er ging leise das Treppchen hinauf und in die Kammer hinein. Da lag der Vater mit starren Augen auf seinem Bett; er war tot.

„Ach, du mein Gott", schrie die Base und lief mit Lärm zur

Tür hinaus, die auf der anderen Seite auf den Gang führte, die Treppe hinunter und gleich hinüber in die Stube hinein und rief, der Nachbar und die Großmutter sollten herüberkommen, und von da lief sie zum Lehrer und zum Gemeindevorsteher.

So kam eins ums andere und trat in die stille Kammer hinein, bis sie voll von Menschen war, denn einer hörte draußen vom anderen, was geschehen sei. Und mitten in dem Gewimmel und den vielen klaghaften Worten von all' den Nachbarn stand Rico an dem Bette, lautlos und unbeweglich, und schaute den Vater an. – Die ganze Woche durch kamen täglich noch Leute ins Haus, die den Vater ansehen und von der Base hören wollten, wie alles zugegangen sei, so daß es Rico ein Mal über das andere erzählen hörte: Sein Vater hatte drunten im St. Gallischen an einer Eisenbahn Arbeit gehabt. Beim Steinsprengen hatte er eine tiefe Wunde in den Kopf bekommen, und da er nun doch nicht mehr arbeiten konnte, wollte er heimgehen, um sich zu pflegen, bis es besser würde. Aber die lange Reise, teils zu Fuß, teils auf offenen Fuhrwagen, hatte er nicht ertragen können, war am Sonntag gegen Abend daheim angelangt und hatte sich auf sein Bett gelegt, um nicht wieder aufzustehen; ohne daß ihn jemand gesehen hatte, war er verschieden; denn Rico hatte ihn schon starr ausgestreckt auf dem Bette gefunden. Am Sonntag darauf wurde der Mann begraben. Rico war der einzige Leidtragende, der dem Sarge folgte, einige gute Nachbarn hatten sich noch angeschlossen; so ging der Zug hinüber nach Sils. Dort hörte Rico, wie der Herr Pfarrer in der Kirche laut ablas: „Der Verstorbene hieß Enrico Trevillo und war gebürtig aus Peschiera am Gardasee."

Da war es Rico, als hörte er etwas, das er ganz gut gewußt, aber gar nicht mehr hatte zusammenfinden können. Immer hatte er auch den See vor sich gesehen, wenn er mit dem Vater gesungen hatte:

„Una sera
In Peschiera."

Aber er hatte nicht gewußt, warum. Leise mußte er die Namen wiederholen, eine Menge alter Lieder stiegen damit vor seinen Augen auf.

Als er allein zurückgewandert kam, sah er die Großmutter auf dem Holzstumpf sitzen und neben ihr das Stineli. Sie winkte ihn zu sich. Dann steckte sie ihm ein Stück Birnbrot in die Tasche, wie sie vorher dem Stineli getan hatte, und sagte, nun sollten sie spazieren gehen, an dem Tage müsse Rico nicht allein sein. Da wanderten die Kinder zusammen in den hellen Abend hinaus. Die Großmutter blieb auf ihrem Holze sitzen und schaute mitleidig dem schwarzen Büblein nach, bis sie nichts mehr von den Kindern sehen konnte. Dann sagte sie leise für sich:

„Doch was Er tut und läßt geschehn,
Das nimmt ein gutes End'!"

Sechstes Kapitel

Ricos Mutter

Über den Weg von Sils her kam an einem Stab der Lehrer gegangen. Er hatte an dem Begräbnis teilgenommen. Er hustete und keuchte, und als er nun bei der Großmutter angekommen war und einen „Guten Abend" geboten hatte, setzte er hinzu: „Wenn es Euch recht ist, Nachbarin, so sitze ich einen Augenblick neben Euch, denn ich habe es stark in dem Hals und auf der Brust; aber was kann unsereins sagen mit bald siebzig Jahren, wenn man solche begräbt, wie den heute. Er war noch nicht fünfunddreißig und ein Mann wie ein Baum."

Der Lehrer hatte sich neben die Großmutter niedergesetzt.

„Es gibt mir auch zu denken", sagte diese, „daß ich, eine Alte, Fünfundsiebzigjährige, übrig bleibe und da und dort ein Junges fort muß, von dem man denkt, es wäre noch nötig gewesen."

„Die Alten werden auch noch zu etwas gut sein. Wo wäre sonst ein Beispiel für die Jungen?" bemerkte der Lehrer. „Aber was meint Ihr, Nachbarin, was soll nun aus dem Büblein werden da drüben?"

„Ja, was soll aus dem Büblein werden?" wiederholte die Großmutter; „ich frage auch so, und wenn ich nur auf die Menschen sehen wollte, so wüßte ich keine Antwort. Aber es ist noch ein Vater im Himmel, der die verlassenen Kinder sieht. Er wird auch einen Weg für das Büblein finden." „Sagt mir einmal, Nachbarin: wie ging es zu, daß der Italiener die Tochter von Eurer Nachbarin da drüben zur Frau bekam?

Man weiß doch nie, woher solche fremde Menschen kommen und was mit ihnen ist."

„Es ging eben, wie es geht, Nachbar. Ihr wißt ja, meine alte Bekannte, die Frau Anne-Dete, hatte alle ihre Kinder verloren und auch den Mann, und lebte allein drüben im Häuschen mit dem Marie-Seppli, das ein lustiges Töchterlein war. Es mögen jetzt elf oder zwölf Jahre sein, da kam der Trevillo zuerst hierher. Er hatte Arbeit oben am Maloja und kam etwa hier herunter mit den Burschen, und kaum hatten das Marie-Seppli und er einander gesehen, so wurden sie einig, sie wollten einander haben. Und das muß man dem Trevillo nachsagen, er war nicht nur ein schöner Bursche, der jedem gefallen konnte, sondern auch ein anständiger und rechtschaffener Mensch, die Anne-Dete hatte selber ihre Freude an ihm. Sie hätte nun freilich gern gewollt, die beiden blieben bei ihr im Häuschen, und der Trevillo hätte es gern getan, er konnte es gut mit der Mutter, und dem Marie-Seppli tat er, was es nur wollte. Er war aber manchmal mit ihm nach dem Maloja hinaufspaziert und hatte die Straße hinuntergeschaut, die man so sieht, wie sie weit ins Tal hinabgeht, und er hatte ihr erzählt, wie es unten sei, wo er daheim war. Da hatte sich das Marie-Seppli in den Kopf gesetzt, es wolle dort hinunter, und es half alles nichts, wie auch die Mutter anhielt und jammerte, sie könnten nicht leben da unten. Da sagte aber der Trevillo, deswegen müsse sie nicht Angst haben, er habe ein Gütlein und ein Häuschen unten; er sei nur lieber ein wenig in die Welt hinausgezogen. – Jetzt hatte er das Marie-Seppli gewonnen, und nach der Hochzeit wollte es auf der Stelle den Berg hinunter. Es schrieb dann etwa der Mutter, daß es ihm gut gehe und der Trevillo der beste Mann sei.

„Aber nach etwa fünf oder sechs Jahren trat eines Tages der Trevillo drüben in der Stube ein bei der Anne-Dete und hatte ein Büblein an der Hand und sagte: ‚Da, Mutter, das ist noch das einzige, was ich vom Marie-Seppli habe; es liegt begraben dort unten mit seinen anderen kleinen Kindern. Der war sein erstes und sein liebstes.'

„So hat sie's mir erzählt. Dann sei er auf die Bank niedergesessen, wo er zuerst das Marie-Seppli gesehen hatte, und habe gesagt: da wolle er bleiben mit seinem Büblein, wenn's der Mutter recht sei; denn dort unten habe er's nicht mehr ausgehalten.

„Das war Freud' und Leid miteinander für die Anne-Dete. Der kleine Rico war etwas zu vier Jahren und war ein zahmes, nachdenkliches Büblein, ohne Lärm und Unart, es war ihre letzte Freude, ein Jahr nachher starb sie schon, und man riet dem Trevillo, die Base der Anne-Dete zu sich zu nehmen für den Haushalt und das Kind."

„So, so", machte der Lehrer, als die Großmutter schwieg; „das habe ich alles nicht so gewußt. Es kann nun sein, daß sich etwa Verwandte von dem Trevillo zeigen mit der Zeit, und man kann sie anhalten, etwas für den Knaben zu tun."

„Verwandte", seufzte die Großmutter, „die Base ist auch eine Verwandte, von ihr bekommt er wenig gute Worte im Jahr."

Der Lehrer stand mühsam auf von seinem Sitz. „Mit mir geht's bergab, Nachbarin", sagte er kopfschüttelnd; „ich weiß nicht, wo meine Kräfte hingekommen sind." Die Großmutter ermunterte ihn und sagte: er sei ja noch ein junger Mann im Vergleich zu ihr. Sie mußte sich aber doch verwundern, wie langsam er davonging.

Siebentes Kapitel

Ein kostbares Vermächtnis und ein kostbares Vaterunser

Es kamen nun viele schöne Sommertage, und wo die Großmutter nur konnte, richtete sie es ein, daß das Stineli einen freien Augenblick bekam; aber es gab immer mehr zu tun in dem Hause. Rico stand manche Stunde auf seiner Schwelle und staunte und sah nach der Tür drüben, ob das Stineli komme.

Gegen den September, wenn die Leute oft noch vor den Häusern saßen, um sich der letzten warmen Abende zu freuen, da saß auch der Lehrer noch etwa vor seiner Tür; aber er sah ganz abgemagert aus und keuchte immer mehr, und eines Morgens, als er aufstehen wollte, hatte er die Kraft nicht mehr und fiel wieder auf sein Kissen zurück. Da lag er denn ganz still und fing an, allerlei zu bedenken, und wie es kommen würde, wenn er sterben müßte. Er hatte keine Kinder, und seine Frau war schon lange gestorben, nur eine alte Magd war noch bei ihm im Hause. Er mußte hauptsächlich nachdenken, wohin alle die Sachen kämen, die ihm angehörten, wenn er nicht mehr da wäre, und da seine Geige ihm gerade gegenüber an der Wand hing, so sagte er zu sich: „Die müßte ich auch dalassen." Und der Tag kam ihm in den Sinn, da der Rico hier vor ihm gestanden und gegeigt hatte, und er hätte sie dem Büblein fast eher gegönnt als einem fernen Vetter, der vom Geigen gar nichts verstand. So dachte er bei sich, wenn er sie um ein billiges geben würde, so könnte sie der Rico vielleicht erstehen; der Vater hatte ihm doch wohl ein kleines hinterlassen. Da fiel ihm aber ein, daß, wenn er die Geige verlassen müsse, er das Geld auch nicht mehr brauchen könne. Aber er konnte doch ein Instrument, für das er sechs harte Gulden auf den Tisch gelegt hatte, nicht nur so weggeben. So dachte er immer schärfer darüber nach, wie es zu machen wäre, daß er die Geige nicht so für nichts hergeben müßte, daß sie ihm doch irgend etwas eintrüge; aber immer zuletzt kam ihm wieder klar vor Augen, daß dorthin, wohin er die Geige nicht mitnehmen konnte, er auch nichts anderes fortzubringen imstande war, und daß all sein Gut da zurückbleiben würde.

Das Fieber nahm unterdessen mehr und mehr überhand bei ihm, und gegen Abend und die ganze Nacht durch lag er in einem großen Kampf von vielen Gedanken, und es stiegen alte Dinge vor seinen Augen auf, die er schon lange vergessen hatte, und verfolgten ihn, so daß er am Morgen ganz erschöpft dalag und nur noch einen Gedanken hatte: er wollte gern etwas Gutes tun, gleich auf der Stelle ein gutes Werk verrichten.

Er klopfte mit dem Stock an die Wand, bis die alte Magd hereinkam, und diese schickte er zur Großmutter hinaus, sie solle zu ihm kommen, aber bald.

Die Großmutter trat auch bald nachher in seine Stube, und eh' sie nur recht fragen konnte, wie es ihm gehe, sagte er: „Seid so gut und nehmt dort die Geige herunter und bringt sie dem Waisenbüblein; ich will sie ihm schenken, er soll Sorg' dazu haben."

Die Großmutter mußte sich aufs höchste verwundern und einmal über das andere ausrufen: „Was wird der Rico machen! Was wird der Rico sagen!"

Dann bemerkte sie, daß der Lehrer ein wenig unruhig wurde, so, wie wenn die Sache Eile hätte. So verließ sie ihn bald und eilte nun, so sehr sie konnte, mit ihrem Geschenk unter dem Arm übers Feld, denn sie konnte selbst kaum erwarten, daß der Rico sein Glück erfahre.

Der stand unter der Haustür; auf den Wink der Großmutter kam er ihr entgegengelaufen.

„Da, Rico", sagte sie und hielt ihm die Geige hin, „die schickt dir der Lehrer zum Geschenk, sie ist dein."

Rico stand da wie im Traume, aber es war so; die Großmutter streckte ihm wirklich die Geige entgegen.

„Nimm sie, Rico, sie ist dein", wiederholte sie.

Zitternd vor Freude und innerer Aufregung ergriff Rico jetzt seine Geige, nahm sie in den Arm und schaute sie unverwandt an, so, als könne sie ihm wieder wegkommen, wenn er einmal weggehen würde.

„Du sollst auch Sorg' dazu haben", ergänzte die Großmutter ihren Auftrag; sie mußte aber ein wenig lachen, es kam ihr nicht vor, daß die Ermahnung nötig sei. „Und Rico, denk auch an den Lehrer und vergiß nie, was er an dir getan hat; er ist sehr krank."

Nun trat die Großmutter in ihr Haus ein, und Rico eilte mit seinem Schatz in seine Kammer hinauf, dort war er immer ganz allein. Da saß er hin und strich und geigte fort und fort und vergaß Essen und Trinken und alle Zeit. Erst als es schon fast dunkeln wollte, stand er auf und ging die Treppe hinunter. Die Base kam aus der Küche und sagte: „Du kannst denn morgen wieder essen, heut' hast du dich aufgeführt, daß dir nichts gehört."

Rico empfand keinen Hunger, obschon er seit dem frühen Morgen nichts gegessen hatte; so hatte er auch jetzt nicht ans Essen gedacht und ging ganz getrost ins andere Haus hinüber und gleich in die Küche hinein, er suchte die Großmutter. Stineli stand am Herd und machte das Feuer an. Wie es des Rico ansichtig wurde, mußte es ganz laut aufjauchzen, denn schon den ganzen Tag durch, seit die Großmutter erzählt hatte, was begegnet war, hatte ihm der Boden unter den Füßen gebrannt, daß es nicht hinaus konnte, um seine Freude beim Rico auszulassen; aber es durfte keinen Augenblick fort. Nun war es aber auch wie außer sich und rief einmal ums andere: „Jetzt hast du sie! Jetzt hast du sie!"

Auf den Lärm kam die Großmutter aus der Stube, und Rico ging gleich zu ihr heran und sagte: „Großmutter, kann ich gehen und dem Lehrer danken, wenn er schon krank ist?"

Die Großmutter besann sich ein wenig, denn der Lehrer hatte schon am Morgen recht schwer krank ausgesehen; dann sagte sie: „Wart ein wenig, Rico, ich will mit dir gehen", und ging, die saubere Schürze anzuziehen. Dann wanderten sie miteinander dem Schulhaus zu. Die Großmutter trat zuerst ein; dann kam ihr Rico leise nach, die Geige im Arm, denn diese hatte er noch keinen Augenblick weggelegt, seit sie ihm gehörte. Der Lehrer lag sehr ermattet da; Rico trat an das Bett heran und schaute dabei auf seine Geige, und er konnte fast nichts sagen, aber seine Augen funkelten so, daß der Lehrer ihn wohl verstanden hatte; er warf einen frohen Blick auf den Knaben und nickte mit dem Kopfe. Dann winkte er die Großmutter zu sich heran. Rico trat auf die Seite und der Lehrer sagte mit schwacher Stimme: „Großmutter, es wäre mir recht, wenn Ihr mir ein Vaterunser beten wolltet; es wird mir so bang."

Jetzt hörte man die Betglocke herüberläuten; Rico faltete schnell seine Hände, und die Großmutter faltete die ihrigen und betete ihr Vaterunser. Dann wurde es ganz still in der Stube. Die Großmutter beugte sich ein wenig und drückte dem alten Nachbar die Augen zu, denn er war verschieden. Dann nahm sie den Rico an der Hand und ging leise hinaus mit ihm.

Achtes Kapitel

Am Silser See

Das Stineli kam gar nicht mehr ins Gleichgewicht vor Freude die ganze Woche durch; aber es kam ihm auch vor, als habe diese Woche zehn Tage mehr als jede andere, denn es wollte gar nicht Sonntag werden.

Als er aber doch endlich kam und eine goldene Sonne über die Herbsthöhen leuchtete, und es mit dem Rico oben unter den Tannen ankam, und der glitzernde See vor ihnen lag, da kam eine solche Freude über das Stineli, daß es rings im Moos herumhüpfen und jauchzen mußte; und dann setzte es sich auf den äußersten Rand am Abhang, daß es alles sehen konnte, die sonnigen Höhen und den See und weit hinüber den blauen Himmel.

Nun rief es: „Komm, Rico, da wollen wir singen, lang, lang!"

Da setzte sich der Rico neben das Stineli hin und machte seine Geige zurecht, denn die war mitgekommen.

Nun fing er an und die Kinder sangen:

> *„Ihr Schäflein hinunter*
> *Von sonniger Höh'"* –

alle Verse durch, aber Stineli hatte noch lange nicht genug.

„Wir wollen immer weiter singen", sagte es und sang weiter:

> *„Ihr Schäflein hinüber*
> *Auf die lustige Höh',*

Die Sonne steht drüber
Und der Wind geht am See."

Und nun sang der Rico den Vers auch mit und freute sich und sagte: „Sing noch weiter!"

Das Stineli war ganz begeistert vor Freude und schaute auf und ab und sang wieder:

> *„Und die Schäflein, und die Schäflein,*
> *Und der Himmel, so blau,*
> *Und rot' und weiße Blumen*
> *Auf der grasgrünen Au'."*

Und Rico geigte und sang mit und sagte:
„Sing noch weiter!" Da schaute das Stineli den Rico lachend an und sang:

> *„Und ein Bub' ist so traurig,*
> *Und ein Mädle das lacht,*
> *Und ein See ist wie der andre*
> *Von Wasser gemacht."*

Und Rico lachte auch und sang und sagte:
„Sing noch weiter!"

Da fing das Stineli noch einmal an und sang hintereinander; und Rico geigte immerfort dazu, und es sang:

> *„Und die Schäflein, und die Schäflein,*
> *Die springen herum,*
> *Und sind alleweil fröhlich,*
> *Und wissen auch nicht warum.*
> *Und ein Bub' und ein Mädle,*
> *Die sitzen am See,*

Und tät er nichts denken,
So tät's ihm nicht weh."

Und nun fingen sie wieder von vorne an und sangen ihr Lied hintereinander durch und hatten ein großes Wohlgefallen daran, und wenn sie es fertig gesungen hatten, so fingen sie noch einmal an und dann noch einmal und sangen das Lied wohl zehnmal durch, und je mehr sie es sangen, desto besser gefiel es ihnen.

Rico spielte dann noch einige Melodien, die er vom Vater her wußte, aber nach einer Weile kamen sie wieder auf ihr Lied zurück und fingen aufs neue zu singen an.

Aber mittendrin hörte Stineli auf und rief: „Jetzt kommt es mir in den Sinn, wie du an den See hinunter kannst und doch kein Geld brauchst."

Rico hielt plötzlich inne und schaute erwartungsvoll auf das Stineli. „Siehst du", fuhr es eifrig fort, „jetzt hast du eine Geige und kannst ein Lied. Da mußt du bei jedem Wirtshaus unter die Stubentür gehen und das Lied singen und geigen; dann geben dir die Leute etwas zu essen und lassen dich schlafen da, denn sie sehen dann, daß du nicht ein Bettler bist. So kannst du gehen bis an den See, und im Heimweg kannst du es wieder so machen."

Rico wurde ganz nachdenklich, aber Stineli ließ ihm keine Zeit zum Staunen, es wollte gleich noch einmal singen.

Vor lauter Gesang hörten sie auch gar nichts von der Bet-glocke, und erst als es zu dunkeln anfing, merkten sie, daß es Zeit war, heimzugehen, und schon von fern sahen sie die Großmutter, wie sie ängstlich umherschaute.

Aber diesmal war Stineli zu sehr im Feuer, um von einer Besorgnis gedämpft zu werden. Es rannte auf die Großmutter zu und rief: „Du kannst nicht glauben, Großmutter, wie gut der Rico geigen kann, und wir haben jetzt ein eigenes Lied, nur für uns. Wir wollen dir's gleich singen."

Und eh' die Großmutter nur ein Wort sagen konnte, sangen sie schon mit heller Stimme zu der Geige ihr ganzes Lied durch, und die Großmutter hörte die frischen Stimmen gerne. Sie war auf das Holz niedergesessen, und wie die Kinder nun zu Ende waren, sagte sie: „Komm, Rico, jetzt mußt du mir auch noch ein Lied spielen und wir wollen es miteinander singen. Kannst du das Lied: ‚Ich singe dir mit Herz und Mund‘?"

Rico hatte es vielleicht auch schon gehört, aber er wußte es nicht mehr recht und meinte, erst müsse es die Großmutter einmal singen; dann wolle er leise nachgeigen, nachher könne er's dann schon. „Jetzt werd' ich noch Vorsinger mit meiner Zitterstimme", sagte die Großmutter, aber sie sang ganz vergnügt einen Vers durch, und wenn die Stimme ein wenig zitterte, so war sie doch ganz richtig und Rico konnte ihr gut die Melodie abnehmen, er hatte sie auch vorher schon gehört.

Nun fingen sie an, und vor jedem Vers sagte die Großmutter den Kindern die Worte vor, und so sangen sie fröhlich alle miteinander:

> *„Ich singe dir mit Herz und Mund,*
> *Herr, meines Herzens Lust.*
> *Ich sing' und mach' auf Erden kund,*
> *Was mir von dir bewußt*
>
> *Ich weiß, daß du der Brunn'n der Gnad'*
> *Und ew'ge Quelle bist,*
> *Daraus uns allen früh und spat*
> *Viel Heil und Gutes fließt. –*
>
> *Was kränkst du dich in deinem Sinn?*
> *Und grämst dich Tag und Nacht?*
> *Nimm deine Sorg' und wirf sie hin*
> *Auf den, der dich gemacht.*

Er hat noch niemals was versehn,
In seinem Regiment,
Nein, was er tut und läßt geschehn,
Das nimmt ein gutes End'.

Ei nun, so laß ihn ferner tun
Und red' ihm nicht darein,
So wirst du hier im Frieden ruhn
Und ewig fröhlich sein."

„So", sagte die Großmutter zufrieden, „das war ein rechter Abendsegen, jetzt könnt ihr in Frieden zur Ruhe gehen, Kinder."

Neuntes Kapitel

Ein rätselhaftes Ereignis

Als Rico in das Häuschen eintrat, später als sonst, denn über dem Gesang war wohl noch eine halbe Stunde vergangen, schoß ihm die Base entgegen.

„Fängst du jetzt so an?" rief sie. „Das Essen stand eine Stunde lang auf dem Tisch, jetzt ist's fort. Geh nur gleich in deine Kammer, und wenn du ein ganzer Vagabund und Lump wirst, so bin ich nicht schuld; ich wollte lieber ich weiß nicht was tun, als einen Buben hüten, wie du einer bist."

Rico hatte nie ein einziges Wörtlein geantwortet, wenn die Base ihn schmähte; aber an dem Abend schaute er sie an und sagte: „Ich kann Euch schon aus dem Wege gehen, Base."

Sie schob den Riegel an der Haustür vor, daß es klatschte, dann fuhr sie in die Stube hinein und schlug die Tür hinter sich zu. Rico ging in seine dunkle Kammer hinauf. –

Am folgenden Tage, als drüben die ganze große Haushaltung, Eltern, Großmutter und alle Kinder beim Abendessen saßen, kam die Base herübergelaufen und rief in die Stube hinein: ob sie etwas vom Rico wüßten; sie wisse nicht, wo er sei.

„Der wird schon kommen, wenn's ans Abendessen geht", antwortete der Vater geruhlich.

Nun kam aber die Base ganz in die Stube hinein, denn sie hatte gedacht, sie könne den Buben nur herausrufen, er werde wohl da sein. Nun erzählte sie, er sei schon zum Morgenessen nicht gekommen und zum Mittagessen nicht, und im Bett sei er auch nicht gewesen, das sei noch wie gestern Abend, und sie glaubte fast, der sei schon am frühesten Morgen vor Tag auf seine Lumpereien ausgegangen, denn der Riegel sei schon inwendig von der Haustür weggeschoben gewesen, als sie auftun wollte; sie habe aber zuerst gemeint, sie habe vor Ärger vergessen, ihn zu stoßen, denn es wisse kein Mensch, was sie für Ärger habe.

„Dem hat's etwas gegeben", sagte der Vater unentwegt. „Er wird etwa in eine Spalte hineingefallen sein am Berg oben; das gibt es manchmal mit so schmalen Buben, die überall herumklettern. Ihr hättet es ein wenig früher sagen sollen", fuhr er langsam fort, „man wird ihn etwa suchen müssen, und des Nachts sieht man nichts."

Jetzt fuhr die Base los und machte einen furchtbaren Lärm. Sie habe wohl gedacht, man werde ihr noch Vorwürfe machen wollen; so gehe es immer, wenn man schon jahrelang so viel ertragen und dazu geschwiegen habe.

„Es glaubt es kein Mensch" – rief sie aus und sagte damit eine große Wahrheit –, „was für ein heimtückischer, hinterlistiger, verstockter Bube der ist, und wie er mir das Leben schwer gemacht hat seit vier Jahren; ein Vagabund wird er, ein Landstreicher und schädlicher Lump!"

Die Großmutter hatte schon lange zu essen aufgehört. Sie war vom Tisch aufgestanden und vor die Base hingetreten, die immer noch lärmte.

„Hört auf, Nachbarin, hört auf", hatte die Großmutter zweimal gesagt, bevor die andere nachgab. „Ich kenne den Rico auch; seit man das Büblein seiner Großmutter brachte, habe ich es immer gekannt. Wenn ich aber an Eurer Stelle wäre, so würde ich kein Wörtlein mehr sagen, aber ein wenig nachsinnen, ob das Büblein, dem ein Unglück begegnet sein kann und das vielleicht schon da droben steht vor dem lieben Gott, ob es da niemanden anzuklagen hat, der in seiner Verlassenheit noch schweres Unrecht an ihm getan hat mit bösen Worten."

Der Base war es schon ein paarmal aufgestiegen, wie Rico sie am Abend angeschaut und gesagt hatte: „Ich kann Euch schon aus dem Wege gehen." Sie hatte auch so furchtbar gelärmt, um diese Gedanken zu übertönen. Sie durfte die Großmutter nicht ansehen und sagte, sie müsse gehen, vielleicht sei der Rico doch nun heimgekommen, was sie jetzt gern genug gesehen hätte.

Von dem Tage an sagte die Base nie mehr ein Wort gegen den Rico vor der Großmutter, aber auch sonst nicht mehr viele. Sie glaubte, wie alle anderen Leute auch, er sei tot, und war froh, daß niemand wußte, was er am letzten Abend zu ihr gesagt hatte.

Am Morgen nach der Nachricht ging Stinelis Vater in die Tenne hinaus und suchte eine Stange; er hatte gesagt, er wolle ein paar Nachbarn rufen, man müsse doch den Buben suchen, etwa gegen den Gletscher hinein und oben bei den Rüfenen.

Stineli war ihm nachgeschlichen, und der Vater sagte: „Es ist recht, komm, hilf mir suchen, du kannst besser in die Winkel hinein als ich."

Erst als eine hohe Bohnenstange gefunden war, sagte es: „Aber, Vater, wenn der Rico vielleicht der Straße nach gegangen wäre, dann könnte er doch in nichts hineingefallen sein?" „Freilich kann er", entgegnete der Vater. „Solch' unvernünftige Buben kommen vom Wege ab und in die Rüfenen hinein, sie wissen gar nicht wie; und der war sonst ein wenig ein Verstaunter."

Daß der Rico dies war, wußte Stineli besser als irgend jemand, und von dem Augenblick an kam eine große Angst in sein Herz und wuchs mit jedem Tage, so daß es vor Qual und Unruhe nicht mehr essen und nicht mehr schlafen konnte und alle Arbeit tat, als wäre es nicht dabei.

Der Rico wurde nicht gefunden; kein Mensch hatte etwas von ihm gesehen. Man suchte ihn nicht mehr, und bald fanden die Leute einen Trost und sagten: „Es ist dem Waisenbüblein wohl geschehen, es war doch verlassen und hatte niemand mehr."

Zehntes Kapitel

Ein wenig Licht

Aber Stineli wurde stiller und magerer von Tag zu Tag. Die kleinen Kinder schrieen: „Das Stineli will nichts erzählen und lacht nicht mehr." Die Mutter sagte zum Vater: „Siehst du's denn nicht? Es ist ja nicht mehr das gleiche." Und der Vater sagte: „Es kommt vom Wachsen, man muß ihm ein wenig Geißmilch geben am Morgen im Stall."

Aber als drei Wochen so vergangen waren, da nahm die Großmutter eines Abends das Stineli in ihre Kammer hinauf und sagte: „Sieh, Stineli, ich kann es wohl begreifen, daß du den Rico nicht vergessen kannst; aber du mußt doch denken, daß der liebe Gott ihn weggenommen hat, und wenn es so sein mußte, so war es gut für den Rico, das werden wir dann einmal sehen."

Da fing das Stineli so zu weinen an, wie es die Großmutter nie an ihm erlebt hatte, und es schluchzte überlaut: „Der liebe Gott hat es ja nicht getan, ich habe es getan, Großmutter; darum muß ich fast sterben vor Angst, denn ich habe den Rico aufgestiftet, an den See hinabzugehen, und nun ist er in die Rüfenen hineingefallen und ist tot, und es hat ihm noch so weh getan, und ich bin an allem schuld." Und Stineli weinte und schluchzte zum Erbarmen.

Der Großmutter war wie eine schwere Last vom Herzen gefallen; sie hatte den Rico verloren gegeben und heimlich hatte sie der quälende Gedanke verfolgt, das arme Büblein sei der bösen Behandlung entlaufen und liege vielleicht drüben im Wasser, oder sei im Wald zugrunde gegangen. Jetzt stieg auf einmal eine neue Hoffnung in ihr auf.

Sie beruhigte das Stineli so weit, daß es ihr die ganze Geschichte von dem See erzählen konnte, von der sie gar nichts wußte: wie der Rico immer von dem See gesprochen und es ihn dahin gezogen hatte und wie Stineli den Weg auffand. Es war ganz sicher, daß Rico sich dahin auf den Weg gemacht hatte; aber des Vaters Worte von den Rüfenen hatten das Stineli ganz um alle Hoffnung gebracht.

Die Großmutter nahm das Kind bei der Hand und zog es zu sich heran. „Komm, Stineli", sagte sie liebreich, „ich muß dir nun etwas erklären. Weißt du, wie's in dem alten Liede heißt, das wir noch mit dem Rico gesungen haben am letzten Abend?

> *‚Denn was er tut und läßt geschehn,*
> *Das nimmt ein gutes End'.'*

„Siehst du, wenn nun auch der liebe Gott es nicht selbst getan hat, so wie wenn er den Rico gleich in seinem Bette hätte sterben lassen, so war doch die Sache in seiner Hand, als du etwas Verkehrtes tatest, denn einem solchen kleinen Stineli wäre er schon noch Meister geworden. Und daß du etwas recht Verkehrtes getan hast, wirst du jetzt für dein Lebtag wissen, und was da herauskommen kann, wenn Kinder in die Welt hinauslaufen und Sachen unternehmen wollen, die sie gar nicht kennen, und niemandem ein Wort davon sagen, keinen Eltern und keiner Großmutter, die es gut mit ihnen meinen. Aber nun hat das der liebe Gott so geschehen lassen, und nun dürfen wir bestimmt hoffen, daß alles noch ein gutes Ende nehmen kann.

„Jetzt denk daran, Stineli, und vergiß nie mehr, was du da erfahren hast. Weil es dir aber recht von Herzen leid ist, so darfst du jetzt auch gehen und den lieben Gott bitten, daß er doch noch etwas Gutes mache aus dem verkehrten Zeug, das ihr da angestellt habt, du und der Rico. Dann darfst du auch wieder fröhlich sein, Stineli, und ich bin es mit dir, denn ich glaube zuversichtlich, daß der Rico noch am Leben ist, und daß ihn der liebe Gott nicht verläßt."

Von dem Tage an wurde Stineli wieder munter, und wenn ihm auch der Rico auf jedem Schritt mangelte, so hatte es doch keine Angst und keine Vorwürfe mehr im Herzen, und Tag für Tag schaute es nach der Straße hinüber, ob nicht etwa der Rico dort vom Maloja herunterkomme. So ging die Zeit dahin, aber vom Rico hörte man nichts mehr.

Elftes Kapitel

Eine lange Reise

Rico hatte sich an jenem Sonntagabend in seiner dunkeln Kammer auf seinen Stuhl gesetzt. Da wollte er bleiben, bis die Base zu Bett gegangen war.

Nachdem Stineli die Entdeckung gemacht hatte, wie die Reise nach dem See auszuführen wäre, kam Rico die Sache so leicht vor, daß er sich nur noch besinnen wollte, wann er am besten gehen könne, denn er hatte ein Gefühl davon, die Base würde ihn vielleicht zurückhalten, wenn er schon wußte, daß er ihr nicht stark mangeln würde.

Als sie dann beim Heimkommen so auf ihn losschalt, dachte er: „So will ich gleich auf der Stelle gehen, sobald sie im Bette ist."

Als er nun so im Dunkeln auf seinem Stuhl saß, dachte er nach, wie angenehm es sein werde, wenn er nun viele Tage lang die Base nie mehr werde schelten hören, und welche große Büschel von den roten Blumen er dem Stineli mitbringen wolle, wenn er zurückkomme. Und dann sah er die sonnigen Ufer und die violetten Berge vor sich und war entschlafen.

Er war aber nicht in einer sehr bequemen Lage, denn die Geige hatte er nicht aus der Hand gelegt; so erwachte er wieder nach einiger Zeit, es war aber noch ganz dunkel. Nun kam ihm aber gleich alles klar in den Sinn. Er war noch in seinem Sonntagswämschen, das war gut; seine Kappe hatte er noch von gestern her auf dem Kopf, die Geige nahm er unter den Arm, und so ging er leise die Treppe hinunter, schob den Riegel weg und zog in die kühle Morgenluft hinaus.

Über den Bergen fing es schon leise an zu tagen und in Sils
krähten die Hähne. Er ging tüchtig drauf los, damit er von
den Häusern weg und auf die große Straße komme. Nun war
er da und wanderte vergnügt weiter, denn da war ihm alles so
wohl bekannt, er war oft mit dem Vater da hinaufgegangen.
Wie lang es aber ging, bis man auf den Maloja kam, wußte er
nicht mehr so recht, und es kam ihm lange vor, als er schon
mehr als zwei gute Stunden immerfort gewandert war.

Aber nun kam nach und nach der helle Tag, und als er nach
noch einer guten Stunde auf dem Platze vor dem Wirtshaus
oben am Maloja angekommen war, da, wo er oft mit dem Vater die Straße hinuntergeschaut hatte, da lag ein sonniger Morgen über den Bergen und die Tannenwipfel waren alle wie von
Gold. Rico setzte sich an den Rand der Straße nieder, er war
schon recht müde, und nun merkte er auch, daß er nichts mehr
gegessen hatte seit dem vorhergehenden Mittag. Aber er war
nicht verzagt, denn nun ging es bergab und nachher konnte
unversehens der See kommen. Wie er so dasaß, kam der große Postwagen herangerasselt; den hatte er schon oft gesehen,
wenn er bei Sils vorbeifuhr, und immer dabei gedacht, das
höchste Glück auf Erden genieße ein Kutscher, der immerfort
mit einer Peitsche auf einem Bock sitzen und fünf Rosse regie-
ren könne. Nun sah er einmal den Glücklichen in der Nähe,
denn der Postwagen hielt still, und Rico verwandte nun kein
Auge von dem merkwürdigen Manne, der von seinem hohen
Sitz herunterkam, ins Wirtshaus eintrat und mit mehreren
ungeheuren Stücken Schwarzbrot, über welchen ein gewaltig
großer Brocken Käse lag, wieder aus dem Hause trat.

Nun zog der Kutscher ein festes Messer hervor und zer-
stückte sein Brot, und einem Pferd nach dem anderen steckte
er einen guten Bissen ins Maul. Zwischenein kam er selbst
an die Reihe, auf sein Stück Brot kam aber immer ein mar-
kiges Stück Käse. Wie sie nun alle zusammen so vergnüglich
aßen, schaute der Kutscher ein wenig um sich, und mit einem

Male rief er: „He, kleiner Musikant, willst du auch mithalten?
Komm her!"

Erst seit Rico das Essen vor sich gesehen, hatte er gemerkt,
wie sehr er Hunger hatte. Er folgte gern der Einladung und
trat zu dem Kutscher heran. Der schnitt ihm ein ganz erstaunlich großes Stück Käse ab und legte dieses auf ein noch
viel dickeres Stück Brot, so daß Rico kaum wußte, wie er die
Dinge bewältigen konnte.

Er mußte seine Geige ein wenig auf den Boden legen. Der
Kutscher schaute wohlgefällig zu, wie Rico in sein Frühstück
biß, und während er selbst sein Geschäft fortsetzte, sagte er:

„Du bist noch ein kleiner Geiger, kannst du auch etwas?"

„Ja, zwei Lieder, und dann noch das vom Vater", antwortete Rico.

„So, und wo willst du denn hin auf deinen zwei kleinen
Beinen?" fuhr der Kutscher fort. „Nach Peschiera am Gardasee", war Ricos ernsthafte Antwort.

Jetzt entfuhr dem Kutscher ein so kräftiges Gelächter, daß
der Rico ganz erstaunt zu ihm aufschauen mußte.

„Du bist ein guter Fuhrwerker, du", lachte der Kutscher
noch einmal; „weißt du denn nicht, wie weit das ist, und daß
ein schmales Musikäntlein, wie du eins bist, sich beide Füße
mitsamt den Sohlen durchlaufen würde, bevor es noch einen
Tropfen Wasser vom Gardasee gesehen hätte? Wer schickt
dich denn dort hinunter?"

„Ich gehe selber aus mir", sagte Rico.

„Ein solcher ist mir noch nicht vorgekommen", lachte der
Kutscher gutmütig. „Wo bist du daheim, Musikant?"

„Ich weiß es nicht recht, vielleicht am Gardasee", erwiderte Rico völlig ernsthaft.

„Ist das eine Antwort!" Jetzt schaute der Kutscher den
Knaben vor sich genau an. Wie ein verlaufenes Bettelbüblein
sah der Rico nicht aus. Der schwarze Lockenkopf über dem
Sonntagswämschen sah ganz stattlich aus, und das feine Ge-

sichtchen mit den ernsthaften Augen trug einen edlen Stempel und man schaute es gern noch einmal an, wenn man es gesehen hatte.

Dem Kutscher mochte es auch so gehen, er schaute den Rico fest an und dann noch einmal erst recht, dann sagte er freundlich: „Du trägst deinen Paß auf dem Gesicht mit, Büblein, und es ist kein schlechter, wenn du schon nicht weißt, wo du daheim bist. Was gibst du mir nun, wenn ich dich neben mich auf den Bock nehme und dich weit hinunterbringe?"

Rico staunte, als wäre es fast nicht möglich, daß der Mann diese Worte wirklich ausgesprochen habe. Auf dem hohen Postwagen ins Tal hinunter gefahren, ein solches Glück hätte er nie für sich möglich gehalten. Aber was konnte er dem Kutscher geben?

„Ich habe gar nichts als eine Geige, und die kann ich Euch nicht geben", sagte der Rico traurig nach einigem Besinnen.

„Ja, mit dem Kasten wüßte ich auch nichts anzufangen", lachte der Kutscher. „Komm, nun sitzen wir auf, – und du kannst mir ein wenig Musik machen."

Rico traute seinen Ohren nicht; aber wahrhaftig! der Kutscher schob ihn über die Räder auf den hohen Sitz hinauf und kletterte nach. Die Reisenden waren wieder eingestiegen, der Wagen wurde zugeschlagen und nun ging's die Straße hinunter, die bekannte Straße, die Rico so oft sich von oben her angeschaut und verlangt hatte, da hinunter zu kommen. Nun war die Erfüllung da und in welcher Weise! Hoch oben zwischen Himmel und Erde flog der Rico dahin und konnte immer noch fast nicht glauben, daß er es selber sei.

Den Kutscher wunderte es nun doch ein wenig, wem denn das Büblein neben ihm gehören könnte.

„Sag mir einmal, du kleine, fahrende Habe, wo ist denn dein Vater?" fragte er nach einem festen Peitschenknall.

„Der ist tot", antwortete Rico.

„So, und wo ist deine Mutter?"

„Die ist tot."

„So, und dann hat man noch etwa einen Großvater und eine Großmutter, wo sind diese?"

„Die sind tot."

„So, so, aber etwa einen Bruder oder eine Schwester hast du ja sicher; wo sind die hingekommen?" „Sie sind tot", war Ricos fortwährende traurige Antwort.

Da nun der Kutscher sah, daß da alles tot war, ließ er die Verwandtschaft in Ruhe und fragte nur: „Wie hieß dein Vater?"

„Enrico Trevillo von Peschiera am Gardasee", erwiderte Rico.

Nun legte der Mann sich die Dinge ein wenig zurecht und dachte bei sich: das ist ein verschlepptes Büblein von da unten herauf, und es ist gut, daß es wieder an seinen Ort kommt. Damit ließ er die Sache liegen.

Als nun nach der ersten steil abwärts gehenden Strecke der Bergstraße der Weg etwas ebener wurde, sagte der Kutscher: „So, Musikant, nun spiel einmal ein lustiges Liedlein auf."

Da nahm Rico die Geige vor und war so wohlgemut da oben auf seinem Thron, unter dem blauen Himmel hinfahrend, daß er mit der hellsten Stimme anfing und kräftig darauflos sang:

„Ihr Schäflein hinunter von sonniger Höh." –

Nun saßen zuoberst auf dem Postwagen drei Studenten, die machten eine Ferienreise, und wie nun das Lied weiterging und Rico mit aller Lust und Fröhlichkeit Stinelis Verse sang, da gab es auf einmal oben auf dem Wagen ein lautes Hallo und Gelächter und die Studenten riefen: „Halt, Geiger, fang noch einmal an, wir singen auch mit."

Da fing Rico wieder an, und nun fielen die Studenten ein und sangen mit aller Macht:

„Und die Schäflein, und die Schäflein" –

und dazwischen lachten sie so ungeheuer, daß man nichts

mehr hörte von Ricos Geige, und dann sangen sie wieder und einer sang zwischenein ganz allein:

> *„Und tät' er nichts denken,*
> *So tät' ihm nichts weh!"*

Dann fielen die anderen wieder ein und sangen, so laut sie konnten:

> *„Und die Schäflein, und die Schäflein"* –

und so ging es eine ganze Weile lang fort, und wenn Rico einmal etwas innehielt, so riefen sie: „Weiter, Geiger, nicht aufhören!" und warfen ihm kleine Geldstücke zu, immer wieder, daß er einen ganzen Haufen in der Kappe hatte.

Drinnen im Wagen machten die Reisenden alle Fenster auf und steckten die Köpfe heraus, um den frohen Gesang zu hören. Dann fing Rico von neuem an, und die Studenten brachen von neuem los und teilten das Lied in Soli und Chöre. Da sang die Solostimme ganz feierlich:

> *„Und ein See ist wie ein andrer*
> *Von Wasser gemacht"* –
> *und dann wieder:*
> *„Und tät' er nichts denken,*
> *So tät' ihm nichts weh"* –

und dazwischen fiel der Chor ein, und sie sangen mit aller Kraft:

> *„Und die Schäflein, und die Schäflein"* –

und nachher wollten sie sich wieder totlachen und konnten eine ganze Weile nicht fortfahren vor Gelächter. Aber nun hielt auf einmal der Kutscher still, denn es mußte ein Halt gemacht und ein Mittagessen eingenommen werden. Als er den Rico hinunterschwang, hielt er ihm sorgfältig seine Kappe fest, denn da war all das Geld drin, und Rico hatte genug zu tun, seine Geige zu halten.

Der Kutscher war ganz vergnügt, als er die Kappe in Ricos Hand abgab und sagte: „So ist's recht, nun kannst du auch Mittag haben."

Die Studenten sprangen hinunter, einer nach dem anderen, und alle wollten nun den Geiger sehen, denn sie hatten ihn nicht recht sehen können von ihrem Sitze aus, und als sie nun das schmächtige Männlein sahen, da ging die Verwunderung und die Heiterkeit erst recht wieder an; sie hätten der guten Stimme nach einen größeren Menschen erwartet, nun war der Spaß doppelt groß. Sie nahmen das Büblein in ihre Mitte und zogen mit Gesang ins Wirtshaus ein. Da mußte denn an dem schöngedeckten Tisch der Rico zwischen zwei der Herren sitzen und sie sagten, er sei nun ihr Gast, und legten ihm alle drei miteinander jeder ein Stück auf den Teller, denn keiner wollte ihm weniger geben, und ein solches Mittagessen hatte Rico in seinem ganzen Leben noch nie eingenommen.

„Und von wem hast du dein schönes Lied, Geigerlein?" fragte nun einer von den dreien.

„Vom Stineli, es hat es selbst gemacht", antwortete Rico ernsthaft.

Die drei sahen sich an und brachen in ein neues, schallendes Lachen aus.

„Das ist schön vom Stineli", rief der eine, „nun wollen wir es gleich hoch leben lassen." Rico mußte auch anstoßen und tat es ganz fröhlich auf Stinelis Gesundheit.

Nun war die Zeit um, und als man wieder zum Wagen herantrat, kam ein dicker Mann auf Rico zu, der hatte einen so gewaltigen Stock in der Hand, daß man denken mußte, er habe einen jungen Baum ausgerissen. Er war in einen festen, gelb-braunen Stoff gekleidet von oben bis unten.

„Komm her, Kleiner", sagte er, „du hast so schön gesungen. Ich habe dich gehört hier drinnen im Wagen, und ich habe es auch mit den Schafen zu tun wie du; siehst du, ich bin ein Schafhändler, und weil du so schön von den Schafen singen kannst, mußt du von mir auch etwas haben." Damit legte er ein schönes Stück Silbergeld in Ricos Hand, denn die Kappe war indessen geleert und alles in die Tasche gesteckt worden.

Dann stieg der Mann in den Wagen an seinen Platz und Rico wurde vom Kutscher wie eine Feder hinaufgehoben; dann ging's wieder davon.

Wenn der Wagen nicht zu rasch fuhr, wollten die Studenten immer gleich Musik haben, und Rico spielte alle Melodien, deren er sich nur erinnern konnte vom Vater her, und zuletzt spielte er noch: „Ich singe dir mit Herz und Mund."

An dieser Melodie mußten die Studenten ganz sanft entschlafen sein, denn es war alles still geworden, und nun schwieg die Geige auch, und der Abendwind kam milde herangeweht, und leise stiegen die Sternlein auf am Himmel eins nach dem anderen, bis sie strahlten ringsum, wo Rico hinsah. Und er dachte an Stineli und die Großmutter, was sie nun tun, und es fiel ihm ein, daß um diese Zeit die Betglocke läutete und die beiden ihr Vaterunser beteten. Das wollte er auch tun; es war dann so, wie wenn er bei ihnen wäre, und Rico faltete die Hände und betete unter dem leuchtenden Sternenhimmel andächtig sein Vaterunser.

Zwölftes Kapitel

Es geht noch weiter

Rico war auch entschlafen. Er erwachte daran, daß ihn der Kutscher packte, um ihn herunterzunehmen. Nun stieg alles aus und herunter, und die drei Studenten kamen noch auf den Rico zu und schüttelten ihm die Hand und wünschten ihm viel Glück auf seine Reise. Und einer rief: „Grüß uns auch freundlich das Stineli!"

Dann verschwanden sie in einer Straße und Rico hörte, wie sie noch einmal anstimmten: „Und die Schäflein, und die Schäflein."

Nun stand Rico da in der dunkeln Nacht und hatte gar keinen Begriff, wo er war, und auch nicht, was er tun sollte. Da fiel ihm ein, daß er nicht einmal dem Kutscher gedankt hatte, der ihn doch so weit hatte mitfahren lassen, und er wollte es gleich noch tun.

Aber der Kutscher war mitsamt den Pferden verschwunden, und es war dunkel ringsum: nur drüben hing eine Laterne, auf diese ging Rico zu. Sie hing an der Stalltür, wo die Pferde eben hineingeführt wurden. Daneben stand der Mann mit dem dicken Stock, er schien auf den Kutscher zu warten. Rico stellte sich auch hin und wartete desgleichen.

Der Schafhändler mußte ihn in der Dunkelheit nicht gleich erkannt haben; auf einmal sagte er erstaunt: „Was, bist du auch noch da, Kleiner, wo mußt du denn deine Nacht zubringen?"

„Ich weiß nicht, wo", antwortete Rico.

„Das wäre der Tausend! um elf Uhr in der Nacht ein solches bißchen von einem Buben wie du, und im fremden Lande –"

Der Schafhändler mußte seine Worte völlig herausblasen, denn in der Erregung kam er nicht gut zu Atem; er endigte aber seinen Satz nicht, denn der Kutscher kam aus dem Stalle, und Rico lief gleich auf ihn zu und sagte: „Ich habe Euch noch danken wollen, daß Ihr mich mitgenommen habt."

„Das ist gerade gut, daß du noch kommst, jetzt hätte ich dich über den Rossen vergessen und wollte dich doch da einem Bekannten übergeben. Eben wollte ich Euch fragen, guter Freund", fuhr er, zum Schafhändler gewandt, fort, „ob Ihr nicht das Büblein mitnehmen würdet, weil Ihr doch ins Bergamaskische hinabgeht. Es muß an den Gardasee hinunter, irgendwohin; es ist so eins von denen, die so hin und her – Ihr versteht mich schon."

Dem Schafhändler kamen allerhand Geschichten von gestohlenen und verlorenen Kindern vor Augen, er schaute Rico im Schein der Laterne mitleidsvoll an und sagte halblaut zum Kutscher: „Er sieht auch so aus, als ob es nicht sein rechtes Futteral wäre, in dem er steckt. Er wird wohl in ein Herrenmäntelchen hineingehören. Ich nehme ihn mit."

Nachdem er noch einen Schafhandel mit dem Kutscher besprochen, nahmen die beiden Abschied voneinander, und der Schafhändler winkte Rico, daß er mit ihm kommen solle.

Nach einer kurzen Wanderung trat der Mann in ein Haus und unmittelbar in eine große Wirtsstube ein, wo er sich mit Rico in einer Ecke niederließ.

„Nun wollen wir einmal deine Barschaft ansehen", sagte er zu Rico, „daß wir wissen, was sie erleiden mag. Wohin mußt du unten am See?"

„Nach Peschiera am Gardasee", war Ricos unveränderliche Antwort. Er zog nun seine Geldstücke alle hervor, ein artiges Häuflein kleiner Münzen und oben darauf das größere Silberstück.

„Hast du nur das eine gute Stück?" fragte der Händler.

„Ja, nur das, von Euch hab' ich's", entgegnete Rico.

Das gefiel dem Mann, daß er allein ein großes Stück gegeben hatte und daß es der Junge gut wußte; er bekam Lust, ihm gleich noch etwas zu geben. Als nun gerade das Essen vor sie hingestellt wurde, nickte der behäbige Mann seinem kleinen Nachbar zu und sagte: „Das bezahl' ich und das Nachtlager auch; so kommst du morgen aus mit deinem Vermögen."

Rico war so müde von all dem Singen und Geigen und Fahren den ganzen Tag, daß er kaum mehr essen konnte, und in der großen Kammer, wo er zusammen mit seinem Beschützer die Nacht zuzubringen hatte, war er kaum in sein Bett gestiegen, als er sofort in einen tiefen Schlaf sank.

Am frühen Morgen wurde Rico von einer kräftigen Hand aus seinem festen Schlaf aufgerüttelt. Er sprang eilends aus seinem Bett; sein Begleiter stand schon reisefertig da mit dem Stock in der Hand.

Es währte aber gar nicht lang, so stand auch Rico zur Abreise bereit, die Geige im Arm. Erst traten die beiden in die Wirtsstube ein und Ricos Begleiter rief nach Kaffee. Dann ermunterte er den Jungen, er solle nur recht viel davon zu sich nehmen, denn nun komme eine lange Fahrt und eine solche, die Appetit mache.

Als das Geschäft zur Zufriedenheit abgetan war, zogen die Reisenden aus, und nach einer Strecke Wegs kamen sie um eine Ecke herum, und – wie mußte Rico da die Augen auftun – auf einmal sah er einen großen, flimmernden See vor sich, und ganz erregt sagte er: „Jetzt kommt der Gardasee."

„Noch lange nicht, Bürschlein; jetzt sind wir am Comersee", erklärte sein Schutzherr. Nun stiegen sie in ein Schiff und fuhren viele Stunden lang dahin. Und Rico schaute bald nach den sonnigen Ufern, bald in die blauen Wellen, und es wehte ihn heimatlich an. – Jetzt legte er mit einem Male sein Silberstück auf den Tisch.

„Was, was, hast du schon zuviel Geld", fragte der Schafhändler, der, mit beiden Armen auf seinen Stock gestützt, erstaunt dem Unternehmen zusah.

„Heute muß ich bezahlen", sagte Rico, „Ihr habt's gesagt."

„Du gibst doch acht, wenn man dir etwas sagt, das ist etwas Gutes; aber sein Geld legt man nicht nur so auf den Tisch, gib mir's einmal her."

Damit stand er auf und ging, sich nach der Bezahlung umzusehen. Als er aber seinen dicken Lederbeutel hervorzog, der ganz voll solcher Silberstücke war, denn er war auf einer Handelsreise begriffen, da konnte er's nicht übers Herz bringen, des Bübleins einziges Stück herzugeben, und er brachte es wieder zurück samt der Karte und sagte:

„Da, du kannst's morgen noch besser brauchen; jetzt bist du noch bei mir und wer weiß, wie es dir nachher geht. Wenn du einmal da unten ankommst und ich nicht mehr bei dir bin, findest du dann auch ein Haus, wo du hinein mußt?"

„Nein, ich weiß kein Haus", antwortete Rico. Der Mann hatte ein großes heimliches Erstaunen zu bewältigen, denn des Bübleins Geschichte kam ihm sehr geheimnisvoll vor. Er ließ aber nichts merken und fragte auch nicht weiter; er dachte, da komme er doch nicht ins klare; der Kutscher müsse ihm dann einmal Aufschluß geben, der wisse wohl mehr von allem, als das Büblein selbst. Mit diesem hatte er großes Mitleid, denn es mußte nun bald noch seinen Schutz verlieren.

Als das Schiff stillstand, nahm der Mann Rico an die Hand und sagte: „So verlier' ich dich nicht und du kommst besser nach, denn jetzt heißt's gut marschieren; die warten nicht."

Rico hatte zu tun, den guten Schritten nachzukommen. Er schaute weder rechts noch links und auf einmal stand er vor einer langen Reihe ganz sonderbarer Rollwagen. Da stieg er auf einem Treppchen hinein, dem Begleiter nach, und nun fuhr Rico zum ersten Male in seinem Leben auf einer Eisenbahn. Nachdem man so eine Stunde lang gefahren war, stand der Schafhändler auf und sagte: „Jetzt kommt's an mich, da sind wir in Bergamo, und du bleibst ruhig sitzen, bis dich einer herausholt, denn ich habe alles eingerichtet, dann steigst du aus und bist da."

„Bin ich dann in Peschiera am Gardasee?" fragte Rico. Das bestätigte sein Beschützer. Nun bedankte sich Rico recht schön, denn er hatte wohl verstanden, wie viele Guttaten ihm dieser Mann erwiesen hatte, und so schieden sie und es tat jedem leid, daß er vom anderen wegkam.

Rico saß nun ganz still in seiner Ecke und hatte Zeit zum Staunen, denn es bekümmerte sich kein Mensch mehr um ihn. So mochte er wohl gegen drei Stunden unbeweglich dagesessen haben, als der Zug wieder einmal anhielt, wie schon mehrere Male.

Jetzt trat ein Wagenführer herein, nahm den Rico beim Arm und zog ihn in Eile aus dem Wagen und die Treppe hinunter. Dann deutete er die Anhöhe hinab und sagte: „Peschiera", und im Nu war er wieder im Wagen droben und verschwunden, der Zug sauste weiter.

Dreizehntes Kapitel

Am fernen, schönen See

Rico entfernte sich einige Schritte von dem Gebäude, wo
der Zug angehalten hatte, und schaute um sich, dieses weiße Haus, der kahle Platz davor, der schnurgerade Weg in der
Ferne, alles kam ihm so fremd vor, das hatte er in seinem Leben nie gesehen und er dachte bei sich: „Ich bin nicht am
rechten Ort." Er ging traurig weiter, den Weg hinab, zwischen
den Bäumen durch; nun machte der Weg eine Wendung,
und Rico stand da wie im Traum und rührte sich nicht mehr.
Vor ihm lag funkelnd im hellen Sonnenschein der himmel-
blaue See mit den warmen, stillen Ufern, und drüben kamen
die Berge gegeneinander, in der Mitte lag die sonnige Bucht,
und die freundlichen Häuser daran schimmerten herüber.
Das kannte Rico, das hatte er gesehen, da hatte er gestanden,
gerade da, diese Bäume kannte er; wo war das Häuschen? Da
mußte es stehen, ganz nah; es war nicht da.

Aber da unten war die alte Straße, o, die kannte er so gut,
und dort schimmerten die großen, roten Blumen aus den
grünen Blättern; da mußte auch eine schmale, steinerne Brücke sein, dort über den Ausfluß vom See, dort war er so oft
hinübergegangen; man konnte sie nicht sehen.

Plötzlich rannte Rico, von brennendem Verlangen ge-
trieben, hinauf auf die Straße und hinüber, da war die kleine
Brücke – er wußte alles –, da war er darübergegangen und
jemand hielt ihn an der Hand – die Mutter. Mit einem Male
kam das Gesicht der Mutter ganz klar vor seine Augen, wie er
es nie mehr gesehen hatte, viele Jahre; da hatte sie neben ihm

gestanden und ihn angeschaut mit den liebevollen Augen, und den Rico übernahm es, wie noch nie in seinem Leben.

Neben der kleinen Brücke warf er sich auf den Boden und weinte und schluchzte laut: „O, Mutter, wo bist du? Wo bin ich daheim, Mutter?"

So lag er lange Zeit und mußte sein großes Leid ausweinen, und es war, als wollte sein Herz zerspringen und als sei es ein Ausbruch von allem Weh, das ihn bisher stumm und starr gemacht, wo es ihn getroffen hatte.

Als sich Rico vom Boden erhob, war die Sonne schon weit unten und ein goldener Abendschein lag auf dem See. Nun wurden die Berge violett, und ein rosiger Duft lag rings über den Ufern. So hatte Rico seinen See im Sinne gehabt und im Traum gesehen, und noch viel schöner war alles, nun er es wieder mit seinen Augen sah. Rico dachte in einem fort, wie er so dasaß und schaute und nicht genug schauen konnte: „Wenn ich doch das alles dem Stineli zeigen könnte!"

Nun war die Sonne untergegangen und das Licht erlosch ringsumher. Rico stand auf und schritt der Straße zu, wo er die roten Blumen gesehen. Von der Straße ging ein schmaler Weg dahin. Da standen sie, ein Busch am anderen, es war aber wie ein Garten anzusehen; es war freilich nur ein ganz offener Zaun darum herum, und im Garten waren Blumen und Bäume und Weinranken, alles durch- und ineinander zu sehen.

Da droben am Ende stand ein schmuckes Haus mit offener Tür, und im Garten ging ein junger Bursche hin und her und schnitt da und dort große goldgelbe Trauben von den Reben und pfiff wohlgemut ein Lied dazu.

Rico schaute die Blumen an und dachte: „Wenn Stineli diese sehen könnte!" und stand lange unbeweglich am Zaun.

Jetzt erblickte ihn der Bursche und rief ihm zu: „Komm herein, Geiger, und spiel ein schönes Liedchen, wenn du eins kannst."

Das rief ihm der Knabe italienisch zu, und dem Rico war es ganz sonderbar dabei; er verstand, was er hörte, aber er hätte nicht so sprechen können. Er trat in den Garten ein, und der Bursche wollte mit ihm reden; wie er aber sah, daß Rico nicht antworten konnte, deutete er auf die offene Tür und machte dem Rico verständlich, daß er dort spielen solle.

Rico näherte sich der Tür, sie führte gleich in ein Zimmer hinein. Da stand ein Bettchen darin und daneben saß eine Frau und machte etwas aus roten Schnüren. Rico stellte sich vor die Schwelle und fing an sein Lied zu spielen und zu singen:

„Ihr Schäflein hinunter."

Als er fertig war, erhob sich aus dem kleinen Bett ein bleicher Kopf von einem Knaben, der rief heraus:
„Spiel noch einmal!"
Rico spielte eine andere Melodie.
„Spiel noch einmal", tönte es wieder.
So ging es hintereinander fünf- bis sechsmal und immer wieder ertönte aus dem Bett: „Spiel noch einmal!"
Nun wußte Rico nichts mehr; er nahm seine Geige herunter und wollte fortgehen. Da fing der Kleine an zu schreien: „Bleib da, spiel wieder, spiel noch einmal!" Und die Frau war aufgestanden und kam zu Rico her. Sie gab ihm etwas in die Hand, und Rico wußte erst nicht, was sie wollte; aber es kam ihm wieder in den Sinn, daß Stineli gesagt hatte: wenn er an einer Tür geige, so gäben ihm die Leute etwas. Dann fragte die Frau freundlich, woher er komme und wohin er gehe? Rico konnte nicht antworten. Sie fragte, ob er mit seinen Eltern da sei? da nickte er Nein; ob er allein sei? er nickte Ja; wohin er jetzt gehen wolle so am Abend? Rico schüttelte unsicher den Kopf. Da kam die Frau ein Mitleid an mit dem kleinen Fremden und sie rief den Burschen herbei und befahl ihm, er solle mit dem Knaben nach dem Wirtshaus zur „Goldenen

Sonne" gehen, da verstehe der Wirt vielleicht die Sprache des kleinen Musikanten, denn er sei lange fort gewesen. Dem solle er sagen, er solle den Knaben über Nacht behalten auf ihre Rechnung und ihn auch morgen auf den rechten Weg stellen, wohin er müsse, er sei ja noch so jung – „nur ein paar Jahre älter als der meinige", setzte sie mitleidsvoll hinzu –, und er solle ihm auch etwas zu essen geben.

Der Kleine aus dem Bett schrie wieder: „Er muß noch einmal spielen", und ließ nicht ab, bis die Mutter sagte: „Er kommt ja morgen wieder, jetzt muß er aber schlafen und du auch."

Der Bursche ging nun dem Rico voran, und dieser wußte nun wohl, wohin er komme, er hatte die Worte der Frau verstanden.

Es war gute zehn Minuten bis zum Städtchen hin. Da mitten in einem Gäßchen trat der Bursche in ein Haus und unmittelbar in eine große Wirtsstube ein, die war dick voller Tabaksrauch und eine Menge Männer saßen an den Tischen herum.

Der Bursche richtete seinen Auftrag aus, und der Wirt sagte: „Es ist gut", und die Wirtin kam auch gleich herbei und beide sahen sich den Rico von oben bis unten an. Wie aber die Gäste, die am nächsten Tische saßen, die Geige sahen, riefen gleich mehrere von ihnen: „Da gibt's Musik", und einer rief: „Spiel auf, Kleiner, gleich, lustig!" Und sie riefen alle so durcheinander, daß der Wirt kaum fragen konnte, was der Rico für eine Sprache rede und woher er komme. Rico antwortete nun in seiner Sprache, daß er über den Maloja heruntergekommen sei, und daß er alles verstehe, was sie hier sagen, aber nicht so reden könne. Der Wirt verstand ihn und sagte, er sei auch schon da droben gewesen und sie wollten noch miteinander reden, aber jetzt solle er etwas geigen, denn die Gäste riefen noch immerfort, sie wollten Musik haben.

Da fing Rico gehorsam an zu spielen, und zwar wie immer mit seinem Liede, und sang dazu. Aber von den Gästen verstand keiner ein Wort von dem Gesang, und die Melodie kam den Zuhörern wohl ein wenig einfach vor. Die einen fingen an zu schwatzen und zu lärmen, die anderen riefen, sie wollten etwas anderes, einen Tanz oder etwas Schönes.

Rico sang unentwegt sein Lied zu Ende, denn wenn er es einmal angefangen hatte, dann sang er es durch. Wie er nun fertig war, besann er sich: einen Tanz konnte er nicht spielen, er kannte keinen; das Lied von der Großmutter ging noch langsamer, und sie konnten wieder nichts verstehen; jetzt kam ihm in den Sinn und er stimmte an:

> *„Una sera*
> *In Peschiera“* –

Kaum waren die ersten melodischen Töne dieses Liedes erklungen, so entstand eine völlige Stille, und mit einem Male ertönten von da und dort und von allen Tischen her die Stimmen, und es wurde ein Chor, so schön wie Rico nie einen gehört hatte, daß er ganz in Begeisterung kam und immer feuriger spielte, und die Männer alle sangen immer eifriger, und war ein Vers zu Ende, so fing Rico gleich mit festem Zuge den neuen an, denn er wußte noch wohl von dem Vater her, wo es aufhörte. Und wie nun der Schluß kam, da brach aber nach dem schönen Gesang ein solcher Lärm los, wie Rico noch keinen gehört hatte. Alle die Menschen riefen und schrieen durcheinander und schlugen vor Freuden die Fäuste auf den Tisch, und dann kamen sie alle mit ihren Gläsern auf den Rico los, und aus jedem sollte er trinken, und zwei schüttelten ihm die Hände und einer die Schultern, und alle miteinander schrieen ihn an und machten vor lauter Freudenspektakel dem Rico angst und bange, daß er immer blässer wurde. Er hatte aber ihr eigenes Peschiera-Lied gespielt, das nur ihnen gehörte und das nie ein Fremder lernen konnte, und er hatte es fest und rein gespielt, als wäre er einer von Peschiera; das konnten die lebhaft empfindenden Peschierianer gar nicht genug aussprechen und sich freuen über den Wundergeiger und Brüderschaft mit ihm trinken.

Nun aber kam die Wirtin dazwischen mit einem Teller voll Reis und einem großen Stück Huhn oben darauf; sie winkte dem Rico und sagte es den Leuten, sie sollten ihn in Ruh' lassen, er müsse nun essen, er sei ja kreideweiß vor Anstrengung. Dann stellte sie seinen Teller auf einen kleinen Tisch in der Ecke und setzte sich zu ihm und ermunterte ihn, brav zu essen, das könne einem so mageren Bürschchen nur gut tun.

Rico fand auch sein Nachtessen vortrefflich, denn seit dem Kaffee am frühen Morgen hatte er keinen Bissen mehr gesehen, und zu dem Fasten hatte er so viel erlebt heute!

Sobald er auch seinen Teller leer hatte, fielen ihm die Augen zu vor Müdigkeit. Der Wirt war auch an den Tisch getreten und lobte den Rico für sein Spiel und fragte ihn, wem er angehöre und wohin er wolle. Rico sagte, indem er seine Augen mit Mühe offen hielt, er gehöre niemandem, und er wolle nirgendshin. Da ermunterte ihn der Wirt freundlich, er solle nur ohne Kummer schlafen gehen, morgen könne er dann die Frau Menotti wieder besuchen, die ihn hierher geschickt habe; die sei eine gar gute Frau und könne ihn vielleicht als Knechtlein gebrauchen, wenn er nicht wisse, wohin.

Aber die Wirtin riß den Mann immer noch am Ärmel, so als ob er nicht sagen sollte, was er sagte; er redete aber doch fertig, denn er begriff nicht, was sie wollte.

Nun fingen die Männer an den Tischen wieder zu lärmen an, sie wollten noch einmal ihr Lied gespielt haben. Da rief aber die Wirtin: „Nein, nein, am Sonntag dann wieder; er fällt ja um vor Müdigkeit." Damit nahm sie den Rico an der Hand und führte ihn hinauf in eine große Kammer, da hing das Roßgeschirr an der Wand, und in der einen Ecke war Korn aufgeschüttet, und in der anderen stand sein Bett. In wenigen Minuten lag Rico darin und schlief tief und fest.

Später, als in dem Hause alles still geworden war, da saß

der Wirt noch an dem Tischchen, wo Rico gesessen, und die Frau stand vor ihm – denn sie war noch am Aufräumen – und sagte mit Eifer: „Den mußt du der Frau Menotti nicht wieder zuschicken; ein solches Bürschchen kann ich gerade gebrauchen zu allerhand Geschäften, und hast du denn nicht bemerkt, wie er geigen kann? Sie wurden ja alle wie wild davon. Gib acht, das gibt einen Geiger ab, wie keiner ist von unseren dreien, und Tänze spielen lernt der schon, dann hast du ihn für nichts an allen Tanztagen und kannst ihn noch ausleihen. Den mußt du gar nicht mehr aus der Hand lassen, er sieht manierlich aus und gefällt mir; den behalten wir." „Es ist mir auch recht", sagte der Wirt und sah ein, daß seine Frau etwas Vorteilhaftes ausgedacht hatte.

Vierzehntes Kapitel.

Neue Freundschaft und die alte nicht vergessen.

Am Morgen darauf stand die Wirtin unter der Haustür und hielt ihre Umschau über das Wetter und was sich etwa über Nacht ereignet habe. Da kam der Bursche der Frau Menotti dahergegangen; der war zugleich Herr und Knecht auf dem schönen, fruchtreichen Gute der Frau, denn er verstand die Garten- und Feldarbeit und regierte und besorgte alles selbst und hatte es gut. Darum pfiff er auch fortwährend.

Als er nun vor der Wirtin stand, stellte er das Pfeifen ein wenig ein und sagte: wenn der junge Musikant von gestern Abend noch nicht weiter sei, so solle er zur Frau Menotti herüberkommen, das Büblein wolle ihn noch einmal geigen hören.

„Ja, ja, wenn es der Frau Menotti nur nicht zu stark pressiert", sagte die Wirtin, indem sie beide Arme in die Seite stemmte, zum Zeichen, daß sie nicht in der Eile sei. „Vorderhand liegt der Musikant oben in seinem guten Bett und schläft noch tapfer, und ich gönne ihm seinen Schlaf. Der Frau Menotti könnt Ihr sagen, ich wolle ihn einmal vorbeischicken, denn er gehe nicht weiter, sondern ich habe ihn auf- und angenommen für gut; denn er ist ein verlassenes Waisenkind, das nicht wußte, wohin, und nun ist er wohl versorgt", setzte sie mit Nachdruck hinzu.

Der Bursche ging mit seinem Auftrag.

Die Wirtin ließ den Rico ganz fertig schlafen, denn sie war eine gutmütige Frau, nur dachte sie zuerst an den eigenen Profit und dann nachher an den der anderen. Als Rico endlich von selbst erwachte, hatte er alle Müdigkeit ausgeschlafen und kam ganz frisch die Treppe herunter. Da winkte ihm die Wirtin in die Küche hinein und stellte ein großes Becken voll Kaffee vor ihn auf den Tisch und legte einen schönen, gelben Maiskuchen daneben. Dann sagte sie:

„So kannst du's alle Tage haben, wenn du willst, und am Mittag und Abend noch viel besser, denn da kocht man für die Gäste und da bleibt immer etwas übrig. Dann kannst du für mich auslaufen und daneben geigen, wenn's nötig ist, und kannst bei uns daheim sein, und hast deine eigene Kammer und mußt nicht mehr in der Welt herumziehen. Jetzt kannst du nur sagen, ob du willst."

Da antwortete Rico zufrieden: „Ja, ich will", denn so viel konnte er ganz gut in der Wirtin Sprache sagen.

Nun ging sie gleich mit ihm durch das ganze Haus und durch die Scheune und den Stall und in den Krautgarten und zum Hühnerhof, und von all den Plätzen aus erklärte sie ihm die Umgebung und die Richtung, wo es zum Krämer ging und zum Schuhmacher und noch zu mehreren anderen wichtigen Leuten. Rico gab genau acht, und um ihn zu prüfen, schickte die Wirtin ihn gleich an drei oder vier Orte, allerhand Sachen zu holen, wie Öl, Seife und Faden und einen geflickten Stiefel, denn sie hatte bemerkt, daß Rico einzelne Worte ganz gut sagen konnte.

Rico besorgte alles richtig, das gefiel der Wirtin wohl und gegen Abend sagte sie: „Nun kannst du mit der Geige zur Frau Menotti gehen und dort bleiben, bis es Nacht wird."

Darüber freute sich Rico sehr, denn da kam er an dem See vorbei und nachher zu den schönen Blumen.

Am See angekommen, lief er nach der kleinen Brücke und saß ein wenig nieder, denn da lag wieder alle die Schönheit vor ihm, das Wasser und die Berge im goldenen Duft, und er konnte fast nicht mehr weg.

Aber er tat es doch, denn er wußte, daß er nun tun mußte, was ihn die Wirtin hieß, weil er dafür bei ihr wohnen durfte.

Als er in den Garten trat, hörte ihn schon das Büblein –
denn die Tür stand immer offen – und es rief: „Komm und
spiel wieder!"

Die Frau Menotti kam heraus und gab dem Rico freundlich die Hand und zog ihn in das Zimmer hinein. Es war
eine große Stube, und man sah durch die breite Tür schön
in den Garten und auf die Blumen hinaus. Das kleine Bett
des kranken Bübleins stand gerade der Tür gegenüber und
daneben standen nur Tische und Stühle und schöne Kasten
im Zimmer, aber kein Bett mehr, denn des Nachts wurde das
kleine Bett ins Nebenzimmer gebracht, wo auch dasjenige
der Mutter stand; und am Morgen trug man das Bettchen
mit dem Insassen wieder in die schöne, frohe Stube hinaus,
wo jeden Morgen die Sonne einen glänzenden Streifen über
den ganzen Fußboden hinwarf und das Herz des Bübleins
fröhlich machte. Neben dem Bettchen standen zwei kleine
Krücken, und von Zeit zu Zeit nahm die Mutter den Kleinen
aus seinem Bett und leitete ihn auf den Krücken ein paarmal
die Stube auf und nieder, denn er konnte weder gehen noch
stehen; seine Beinchen waren völlig lahm, er hatte sie nie gebrauchen können.

Als Rico in die Tür trat, schnellte sich das Büblein empor
an einer langen Schnur, die von der Decke bis auf sein Bett
herunterhing, denn es konnte nicht aus eigener Kraft aufsit-
zen. Rico trat herzu und schaute das Büblein schweigend an.
Es hatte ganz dünne Ärmchen und kleine magere Finger und
ein so kleines Gesicht, wie Rico nie an einem Buben gesehen
hatte, und aus dem Gesichtchen heraus schauten zwei große
Augen den Rico ganz durchdringend an, denn das Büblein,
das wenig Neues vor Augen sah und nach viel neuen und nie
gesehenen Dingen dürstete, schaute alles ganz scharf an, das
auf seinen einsamen Weg kam.

„Wie heißest du?" fragte das Büblein jetzt.

„Rico", war die Antwort.

„Und ich Silvio. Wie alt bist du?" fragte es weiter.

„Bald elf Jahre alt."

„Und ich auch bald", sagte das Büblein.

„Ach, Silvio, was du sagst", fiel die Mutter ein; „noch nicht völlig vier bist du, so schnell geht's nicht."

„Spiel wieder!" sagte nun der kleine Silvio.

Die Mutter setzte sich an ihren Platz neben dem Bettchen, und Rico stellte sich etwas weiter unten hin und fing an zu geigen. Silvio konnte es nicht genug bekommen; sobald der Rico ein Stück fertig hatte, so ertönte sein: „Spiel wieder!"

So hatte Rico alle seine Stücke wohl sechsmal durchgespielt; da ging die Mutter weg und kam wieder mit einem Teller voll von den goldgelben Trauben und sagte, nun müsse Rico ausruhen und sich auf den Stuhl setzen an das Bett und Trauben essen mit dem Silvio.

Dann ging sie ein wenig in den Garten hinaus und sah ihren Sachen nach und war froh darüber, denn sie konnte fast gar nie von dem Bette des Kleinen weggehen, er litt es nicht und schrie dann immer jämmerlich; so war es eine rechte Wohltat für die Frau, daß sie einmal hinausgehen konnte.

Unterdessen verstanden sich die beiden drinnen vortrefflich, denn auf Silvios Fragen konnte Rico ganz gut antworten; auch konnte er sich leicht verständlich machen, wo er etwa nicht gleich das rechte Wort wußte, und die Unterhaltung war dem Silvio sehr kurzweilig. Die Mutter konnte auch die Blumenbeete und die Weinreben und die schönen Feigenbäume im Acker und ringsum alles ansehen, ohne daß der Silvio ein einziges Mal gerufen hätte.

Aber als sie nun hereinkam und es bald zu dämmern anfing und Rico aufstand, um fortzugehen, da schlug der Silvio einen großen Lärm an und hielt den Rico fest am Wämschen mit beiden Händen und wollte ihn nicht loslassen, wenn er nicht gleich verspreche, er komme morgen wieder und alle Tage. Aber die Frau Menotti war eine vorsichtige Frau; sie hatte den Bericht der Wirtin auch ziemlich verstanden und beschwichtigte nun den Silvio und versprach ihm, gleich in den ersten Tagen zu der Wirtin zu gehen und mit ihr zu sprechen, denn der Rico könne nichts versprechen so von sich aus, er müsse folgen.

Endlich ließ der Kleine das Wämschen los und gab Rico die Hand, und dieser ging ungern aus der Stube weg. Er wäre lieber dageblieben, wo es so still war und alles so gut aussah und Silvio und die Mutter so freundlich mit ihm waren. –

Es vergingen wenige Tage, da trat eines Abends die Frau Menotti ganz aufgeputzt in die „Goldene Sonne" ein, und die Wirtin lief ihr entgegen und führte sie in den oberen Saal hinauf. Da fragte denn Frau Menotti ganz höflich, ob es der Frau Wirtin nicht ungelegen wäre, ihr für ein paar Abende der Woche den Rico zu überlassen; er unterhalte ihr das kranke Büblein so gut und sie wollte gern erkenntlich sein dafür in jeder gewünschten Weise.

Es schmeichelte der Wirtin, daß die wohlangesehene Frau Menotti sie so um einen Dienst zu bitten kam, und es wurde gleich festgesetzt, daß Rico an jedem freien Abend kommen würde, und Frau Menotti übernahm dagegen, für Ricos Bekleidung zu sorgen, so daß die Wirtin überaus befriedigt war mit der Einrichtung; denn nun hatte sie keinen Heller für den Knaben auszugeben und den reinen Gewinn von ihm. So schieden die Frauen beide in der größten Zufriedenheit voneinander. –

So vergingen für Rico die Tage. In kurzer Zeit sprach er so geläufig italienisch, als hätte er es immer gekonnt. Und einmal hatte er es auch gekonnt; so fiel ihm eins nach dem anderen ohne Mühe wieder ein, und er hatte ein gutes Ohr und sprach wie ein völliger Italiener, so daß sich alle Leute darüber verwundern mußten. Die Wirtin konnte ihn so gut brauchen, wie sie nicht einmal erwartet hatte, denn seine Geschäfte machte er so sauber und ordentlich, wie sie selbst manches nicht machen konnte, denn sie hatte die Geduld nicht, und wenn etwas mußte aufgerüstet werden zu einem Fest, etwa zu einer Hochzeit, so mußte es Rico tun, denn er wußte, was schön war, und konnte es machen. Wenn er seine Aufträge ausrichten mußte, so war er wieder da, ehe die Wirtin nur denken konnte, er sei am Ort angekommen, denn er brauchte keine Zeit zur Unterhaltung. Wenn jemand ihn ausfragen wollte, so kehrte er sich auf der Stelle um und ging davon. Das gefiel der Wirtin besonders, als sie es bemerkte, und es flößte ihr einen solchen Respekt ein vor dem Jungen, daß sie ihn selbst nicht ausfragte, und so kam es, daß eigentlich niemand wußte, wie er nach Peschiera gekommen war; aber es hatte sich eine Geschichte verbreitet, die nahm jedermann an, daß er als ein verlassenes Waisenkind da droben in den Bergen schlecht gehalten und bös behandelt worden, da sei er entlaufen und habe viele Gefahren bestanden auf der langen Reise und sei endlich hier angekommen, wo die Leute nicht so roh seien wie in den Bergen, und hier sei er gern. Und wenn die Wirtin die Geschichte erzählte, so ermangelte sie nicht, hinzuzusetzen: er verdiene es auch, daß es ihm so gut gegangen sei und er den Schutz unter ihrem Dache gefunden habe.

Als der erste Tanzsonntag kam, da versammelten sich in der „Goldenen Sonne" so erstaunlich viele Leute, daß man gar nicht wußte, wo sie alle untergebracht werden könnten, denn jeder wollte den kleinen fremden Musikanten sehen und hören, und diejenigen, die ihn schon gehört hatten am ersten Abend, kamen zuallererst und wollten mit ihrem Lied beginnen. Die Wirtin lief hin und her im Feuer der Arbeit und glänzte, als wäre sie selbst zur „Goldenen Sonne" geworden, und wenn sie auf ihren Mann traf, so sagte sie jedesmal siegreich: „Hab' ich's nicht gesagt?"

Rico hörte erst einen Tanz an von den drei Geigern, die gekommen waren, und die Melodien fielen ihm so ins Ohr und in die Finger, daß er gleich nachher mitspielen konnte, und nun wußte er den Tanz für immer. So kam es, daß er am späten Abend, als man aufhörte zu tanzen, alle Tänze mitspielen konnte, die überhaupt gespielt wurden, denn jeden hatte man zu öfteren Malen durchgenommen.

Am Ende mußte auch noch das Peschiera-Lied gesungen werden, von Rico begleitet, und war schon den ganzen Abend ein Lärm gewesen, so kamen nun die Gemüter erst noch recht ins Feuer und es ging zu, daß Rico ein paarmal dachte: jetzt fahren sie aufeinander und schlagen sich alle tot. Aber es war alles in Freundschaft gemeint. Und ihm selbst wurde eine so ohrenzerreißende Anerkennung gespendet, daß er nur immer dachte: wenn's doch bald fertig wäre, denn nichts war dem Rico so tief zuwider, wie ein großer Lärm.

Am Abend sagte die Wirtin zu ihrem Manne: „Hast's gesehen? Schon das nächste Mal brauchen wir nur noch zwei Geiger."

Und der Mann war sehr zufrieden und sagte: „Man muß dem Buben etwas geben."

Zwei Tage nachher war Tanz droben in Desenzano, und Rico wurde auch mit den Geigern hingeschickt; jetzt konnte man ihn schon ausleihen. Es war da derselbe Lärm und Spektakel, und wenn auch das Peschiera-Lied nicht mußte gesungen werden, so ging es nun über anderen Dingen ganz gleich laut zu, und Rico dachte von Anfang bis zu Ende: „Wenn's nur fertig wäre!"

Er brachte eine ganze Tasche voll Geld heim; das ließ er alles ungezählt auf den Tisch hinausrollen, als er zurückkam, denn es gehörte der Wirtin, und sie lobte ihn und stellte ein schönes Stück Apfelkuchen vor ihn hin. Am Sonntag nachher war schon wieder Tanz drüben in Riva, und diesmal freute sich Rico, denn Riva war jener Ort drüben über dem See, wo dieser von Peschiera aus anzusehen war wie eine sonnige Bucht, um die herum die freundlichen weißen Häuser lagen und herüberschimmerten.

Da fuhren die Musikanten zusammen am Nachmittag über den goldenen See im offenen Kahn unter dem blauen Himmel hin, und Rico dachte: „Wenn ich so mit dem Stineli hinüberfahren könnte! Wie müßte es staunen über den See, an den es nicht glauben wollte!"

Aber drüben ging derselbe Lärm los und Rico wünschte wieder fortzukommen, denn von drüben herüber Riva anzusehen im stillen Abendschein, war so viel schöner, als hier mittendrin im Tumult zu sitzen.

Wenn aber keine Tanztage waren, da konnte Rico jeden Abend zu dem kleinen Silvio gehen und lange da bleiben, denn die Wirtin wollte sich der Frau Menotti dienstbar erzeigen. Da ging Rico gern hin, das war seine Freude. Kam er am See vorbei, so ging er gegen die schmale Steinbrücke hin und setzte sich eine Weile auf den Boden; denn dies war der einzige Ort, wo er das Gefühl hatte, er sei vielleicht daheim. Da kam ihm am allerlebendigsten alles vor die Augen, wie es war, da er noch daheim war. Denn was er vor sich sah, hatte er damals so gesehen, und hier sah er auch am deutlichsten die Mutter vor sich. Dort hatte sie am See gestanden und etwas ausgewaschen, und von Zeit zu Zeit sah sie ihn an und sagte ihm liebevolle Worte, und er saß auf demselben Plätzchen, wo er jetzt saß. Das alles wußte er so genau. Da ging er immer mit Zwang weg, aber er wußte, daß Silvio nach ihm lauschte. Wenn er dann durch den Garten kam, so wurde es ihm auch wieder wohl und er trat gern in das stille, saubere Haus. Frau Menotti war in einer Weise freundlich mit ihm, wie sonst niemand, das fühlte er wohl; sie hatte ein großes Mitleid mit dem verlassenen Waislein, wie sie ihn nannte, sie hatte die Geschichte auch gehört von seinem Entfliehen. Sie fragte den Rico nie etwas von seinem Leben in den Bergen, denn sie dachte, es wecke ihm nur traurige Erinnerungen. Sie fühlte auch, daß der Rico nicht die Pflege hatte, die ein Büblein von seinem Alter und von so stiller Art bedurft hätte; aber sie konnte nichts machen, als ihn bei sich haben, soviel es anging. Sie legte ihm aber manchmal die Hand auf den Kopf und sagte mitleidig: „Du armes Waislein!"

Dem kleinen Silvio wurde der Rico täglich unentbehrlicher; schon am Morgen fing er an zu jammern und nach dem Rico zu begehren, und wenn seine Schmerzen da waren, so schrie er noch mehr und wollte sich nicht mehr beruhigen, wenn der Rico nicht kommen konnte. Denn seit der Rico so fließend sprechen konnte, hatte Silvio eine neue unversiegende Quelle der Kurzweil bei ihm gefunden; das war sein Erzählen.

Rico hatte angefangen, dem Silvio vom Stineli zu erzählen, und da ihm selbst dabei so wohl wurde und sein ganzes Herz aufging, so wurde er dabei so lebendig und so unterhaltend, daß er nicht mehr zu kennen war. Er wußte hundert Geschichten zu erzählen, wie das Stineli einmal den Sami gerade noch am Bein erwischte, als er ins Wasserloch fallen wollte, und nun immerzu aus aller Kraft am Bein ziehen und dazu oben hinaus schreien mußte, während der Sami unten durch schrie, bis der Vater ganz langsam herbeikam, denn er nahm immer an, Kinder schrieen von Natur und ohne Not. – Und wie es dem Peterli Figuren ausschnitt und dem Urschli Hausgerät machte aus allen Stoffen, von Holz und Moos und Grashalmen. Und wie alle Kinder nach dem Stineli schrieen, wenn sie krank waren, weil sie dann vergaßen, was ihnen weh tat, wenn es sie verkurzweilte. Und dann erzählte Rico, wie er mit dem Stineli auszog, und wie es dann schön war, und seine Augen leuchteten dann so zündend und der ganze Rico wurde so erstaunlich belebt, daß der kleine Silvio ganz ins Feuer kam und immer mehr hören wollte. Und wenn Rico einmal stille hielt, so rief er gleich: „Erzähl wieder vom Stineli!" Eines Abends aber kam Silvio in die alleräußerste Aufregung, als Rico fortgehen wollte und dazu sagte, morgen und am Sonntag dürfe er nicht kommen.

Silvio schrie nach der Mutter, als wäre das Haus in Flammen und er läge mitten drin, und als sie im höchsten Schrecken aus dem Garten hereingestürzt kam, rief er immer zu: „Der Rico darf nie mehr ins Wirtshaus, er muß dableiben. Er muß immer da sein. Du mußt dableiben, Rico, du mußt, du mußt!"

Da sagte Rico: „Ich wollte schon, aber ich muß doch gehen."

Die Frau Menotti war in großer Verlegenheit; sie wußte wohl, was der Rico den Wirtsleuten wert war, und daß sie ihn nicht bekäme, unter keiner Bedingung. So beschwichtigte sie den Silvio, wie sie nur konnte, und den Rico zog sie an sich und sagte voller Mitleid: „Ach du armes Waislein!"

Da schrie Silvio in seinem Zorn: „Was ist ein Waislein? Ich will auch ein Waislein sein!"

Nun kam auch die Frau Menotti in Aufruhr und rief: „Ach Silvio, willst du dich noch versündigen? Sieh, ein Waislein ist ein armes Kind, daß keinen Vater und keine Mutter hat und gar nirgends auf der Welt daheim ist."

Rico hatte seine dunkeln Augen auf die Frau geheftet, sie sahen immer schwärzer aus, sie bemerkte es aber nicht. Sie hatte gar nicht mehr an den Rico gedacht, als sie Silvio in der Aufregung die Erklärung gab. Rico schlich leise zur Tür hinaus und fort. Frau Menotti dachte, er sei so leise fortgegangen, damit der Kleine nicht noch einmal aufgebracht werde, und es war ihr recht. Sie setzte sich nun an das Bettchen und sagte: „Hör, Silvio, ich will dir's erklären und dann mußt du diesen Lärm nicht mehr machen. Siehst du, die Buben kann man einander nicht nur so wegnehmen, denn wenn ich der Wirtin nun den Rico nehmen wollte, so könnte sie kommen und mir den Silvio nehmen. Dann könntest du den Garten und die Blumen nie mehr sehen und müßtest allein in der Kammer schlafen, wo das Roßgeschirr hängt und wo der Rico so ungern hineingeht; er hat dir's ja schon manchmal erzählt. Was wolltest du dann machen?"

„Wieder heimgehen", sagte der Kleine entschlossen. Er blieb aber nunmehr still und legte sich aufs Ohr.

Rico ging durch den Garten und über die Straße weg hinab an den See. Da setzte er sich auf sein Plätzchen nieder und legte seinen Kopf in beide Hände und sagte in trostlosem Ton: „Jetzt weiß ich's, Mutter; auf der ganzen Welt bin ich nirgends daheim, gar nirgends!"

Und so saß er bis in die Nacht hinein in seiner großen Traurigkeit und wäre am liebsten nicht mehr aufgestanden, aber in seine Kammer mußte er endlich doch wieder zurückkehren.

Fünfzehntes Kapitel

Silvio wünscht mit Nachdruck

In dem kleinen Silvio arbeitete aber die Aufregung weiter, und als er nun wußte, daß der Rico zwei Tage hintereinander keinen Augenblick kommen würde, fing er schon am frühen Morgen an mit Grimm auszurufen: „Nun kommt der Rico nicht! Nun kommt der Rico nicht!" und fuhr mit kleinen Zwischenpausen so fort bis zum Abend, und am folgenden Tag fing er wieder an beizeiten. Am dritten Tage aber hatte ihn diese Tätigkeit so ausgetrocknet, daß er war wie ein Häuflein Stroh, das ein kleiner Funke gleich in helle Flammen bringen kann.

Rico erschien am Abend noch ganz angewidert von dem Tanzlärm, bei dem er gewesen war. Seit er nun wußte, daß er nirgends daheim war, hatte der Gedanke an das Stineli eine neue Gewalt bekommen, und er sagte bei sich: „Da ist nur das Stineli auf der ganzen Welt, zu dem ich gehöre und das sich um mich bekümmert." Und es kam ein großes Heimweh nach dem Stineli über ihn. Er saß auch kaum an Silvios Bett, so sagte er: „Siehst du, Silvio, nur einzig beim Stineli ist es einem wohl und sonst gar nirgends." Kaum waren diese Worte ausgesprochen, so schnellte sich der Kleine augenblicklich in die Höhe und rief mit aller Kraft: „Mutter, ich will das Stineli haben. Das Stineli muß kommen; einzig nur beim Stineli ist es einem wohl und sonst gar nirgends!"

Die Mutter war herzugetreten, und da sie oft Ricos Erzählungen vom Stineli und seinen kleinen Geschwistern mit vieler Befriedigung zugehört hatte, wußte sie schon, von wem die Rede war, und sagte: „Ja, ja, mir wär' es schon recht, ich könnte ein Stineli schon brauchen für dich und mich; wenn ich nur eins hätte!"

Aber auf diese unbestimmte Auslassung ging Silvio gar nicht ein, denn er war völlig Feuer und Flamme für seine Sache.

„Jetzt kannst du gleich eins haben", rief er weiter; „der Rico weiß, wo es ist, er muß es holen; ich will das Stineli haben alle Tage und immerfort; morgen muß es der Rico holen, er weiß, wo es ist."

Wie nun die Mutter sah, daß der Kleine sich alles ausdachte und ganzen Ernst aus der Sache machen wollte, fing sie an, ihn auf alle Weise abzumahnen und auf andere Gedanken zu bringen, denn sie hatte mehrmals erzählen hören, was für unglaubliche Gefahren der Rico auf seiner Reise zu bestehen hatte, und wie es das größte Wunder sei, daß er lebendig habe bis nach Peschiera herunterkommen können, und was für ein schreckhaft wildes Volk dort oben in den Bergen lebe. So wußte sie ja, daß kein Mensch so ein Mädchen herunterholen würde, am wenigsten ein zartes Bürschlein wie Rico; er konnte ja ganz elend zugrunde gehen, wenn er so etwas beginnen würde, und dann hätte sie die Verantwortung auf sich. Das wollte sie nicht auch noch, sie hatte schon genug.

Sie stellte dem Silvio die ganze Unmöglichkeit der Sache vor und sprach ihm von vielen schreckhaften Ereignissen und bösen Menschen, die den Rico verfolgen und umbringen könnten. Aber diesmal half alles nichts. Der kleine Silvio mußte sich die Sache in den Kopf gesetzt haben, wie noch nichts in seinem Leben; denn was die Mutter auch vorbrachte und wie sehr sie in Eifer geriet vor Besorgnis, sobald sie innehielt, sagte Silvio: „Der Rico muß es holen, er weiß, wo es ist."

Da sagte die Mutter: „Und wenn er's auch weiß, meinst du denn, der Rico wolle so in die Gefahr und ins Gottversuchen hinauslaufen, wenn er es haben kann wie hier und gar zu keinen bösen Menschen mehr gehen muß?"

Da sah Silvio den Rico an und sagte: „Du willst schon gehen und das Stineli holen, Rico, oder nicht?"

„Ja, ich will", antwortete Rico fest.

„Ach, ihr barmherzigen Heiligen, was soll das werden, jetzt wird mir der Rico auch noch unvernünftig!" rief die Mutter ganz erschrocken. „So weiß man sich ja gar nicht mehr zu helfen. Nimm die Geige, Rico, und spiel und sing etwas, ich muß in den Garten", und damit lief Frau Menotti eilends unter die Feigenbäume hinaus, denn sie nahm an, der Silvio vergesse am schnellsten seinen Einfall wieder, wenn er nicht mehr an ihr zwingen könne.

Aber die beiden guten Freunde drinnen spielten nicht und sangen nicht, sondern brachten sich gegenseitig ganz ins Fieber mit allerhand Vorstellungen, wie das Stineli geholt werden müsse und wie es dann nachher zugehen werde, wenn es da sei. Rico vergaß gänzlich, fortzugehen, obschon es dunkel geworden war, denn die Frau Menotti kam absichtlich noch nicht herein, sie hoffte, der Silvio entschlafe dann vorher. Endlich trat sie aber doch ein und Rico ging gleich, aber mit Silvio hatte sie noch einen schweren Stand. Er wollte durchaus nicht die Augen zumachen, bis die Mutter versprechen würde, der Rico müsse das Stineli holen; das konnte sie aber nicht versprechen, und so kam Silvio zu keiner Ruhe, bis die Mutter sagte: „Sei nun zufrieden, über Nacht kommt dann alles in Ordnung." Denn sie dachte, über Nacht vergesse er sein Begehren, wie schon viele, und es komme ihm etwas Neues in den Sinn.

Da wurde Silvio still und schlief ein. Aber die Mutter hatte sich verrechnet. Noch war sie am Morgen kaum recht erwacht, so rief Silvio aus seinem Bettchen herauf: „Ist alles in Ordnung, Mutter?"

Als sie dies unmöglich bejahen konnte, ging ein solcher Sturm los, wie sie desgleichen an dem Büblein noch nie erlebt hatte, und den ganzen Tag ging das Unwetter fort bis zum späten Abend, und am Morgen darauf fing Silvio gerade so wieder an, wie er am Abend aufgehört hatte.

Eine solche Beharrlichkeit auf demselben Begehren hatte Silvio noch nie an den Tag gelegt. Wenn er schrie und lärmte, konnte sie's noch ertragen; aber wenn nun die Stunden der großen Schmerzen kamen, da wimmerte Silvio fortwährend in der kläglichsten Weise: „Nur beim Stineli ist es einem wohl und sonst gar nirgends!"

Das schnitt der Mutter ins Herz und war ihr wie ein Vorwurf, so als wollte sie nicht tun, was ihm wohlmachen könnte; aber wie hätte sie auch nur daran denken können, sie hatte ja den Rico selbst auf Silvios Frage: „Weißt du auch den rechten Weg zum Stineli?" antworten hören: „Nein, ich weiß keinen Weg, aber ich finde ihn dann schon."

Von Tag zu Tag hoffte sie, durch einen glücklichen Umstand komme dem Silvio eine neue Forderung in den Sinn, denn so war es sonst immer gewesen; sie konnte darauf rechnen: hatte er etwas begehrt, wenn ihm wohl war, so verwarf er es sicher, sobald seine Schmerzen kamen. Aber diesmal war es anders, und es hatte seinen guten Grund. Ricos Erzählungen und Aussprüche über das Stineli hatten in dem empfindlichen Gemüte des kranken Silvio die feste Überzeugung hervorgebracht, daß ihm nie mehr etwas weh tun würde, wenn das Stineli bei ihm wäre. So gebärdete sich Silvio jammervoller von Tag zu Tag, und seine Mutter wußte nicht, wo sie Rat und Beistand finden könnte.

Sechzehntes Kapitel

Ein Rat zur Freude für viele

In diesem Zustande der Unruhe war es für die Frau Menotti ein rechter Trost, als sie einmal wieder nach langer Zeit den wohlmeinenden alten Herrn Pfarrer im langen schwarzen Rock durch den Garten kommen sah, der von Zeit zu Zeit den kleinen Kranken besuchte. Sie sprang auf von ihrem Stuhl und rief erfreut: „Sieh, Silvio, da kommt der gute Herr Pfarrer!" und ging ihm entgegen. Silvio aber in seinem Groll über alle Dinge rief, so laut er konnte, der Mutter nach: „Ich wollte lieber, das Stineli käme!"

Dann kroch er aber eilends unter die Decke, damit der Herr Pfarrer nicht wissen könne, woher die Stimme kam. Die Mutter war sehr erschrocken und bat im Eintreten den Herrn Pfarrer, er solle doch den Empfang nicht übel nehmen, er sei auch nicht so ernst gemeint. Silvio rührte sich nicht, er sagte nur ganz heimlich unter der Decke: „Doch, es ist mir sicher ernst."

Der Herr Pfarrer mußte geahnt haben, woher die Stimme kam; er trat gleich an das Bett heran, und obwohl er kein Haar von Silvio sah, sagte er: „Gott grüß' dich, mein Sohn, wie steht es mit der Gesundheit, und warum verkriechst du dich in unterirdische Höhlen wie ein kleiner Dachs? Komm hervor und erkläre mir: was verstehst du unter einem Stineli?"

Nun kroch Silvio hervor, denn er hatte Respekt vor dem Herrn Pfarrer, da er nun so nah war. Er streckte schnell seine kleine magere Hand zum Gruße aus und sagte: „Dem Rico sein Stineli."

Nun mußte die Mutter erklärend dazwischentreten, denn

der Herr Pfarrer schüttelte verwundert den Kopf, indem er sich an Silvios Bett niedersetzte. Sie erzählte ihm nun die ganze Sache mit dem Stineli, und wie der kleine Silvio sich in den Kopf gesetzt habe, es werde ihm nie mehr wohl, wenn das Stineli nicht zu ihm komme, und wie der Rico nun auch unvernünftig geworden sei und meine, er könne das Mädchen holen, während er keinen Weg und Steg wisse und es ja so weit weg oben in den Bergen wohne, wo niemand zukomme, und man gar nicht wissen könne, was für ein erschreckliches Volk da sei. Denn man könne sich denken, wie es da zugehen müsse, wenn ein zartes Büblein, wie der Rico, lieber den größten Gefahren entgegenlaufe und sie bestehe, als unter solchen Leuten zu bleiben. Wenn alles anders wäre, fügte Frau Menotti hinzu, so wäre ihr kein Geld zu viel, so ein Mädchen kommen zu lassen, um dem Silvio das Verlangen zu stillen und jemand für ihn zu haben, denn manchmal werde es ihr fast zu viel mit allem, was sie zu tragen habe, und sie meine, sie könne nicht mehr fortkommen. Und der Rico, der sonst recht vernünftig rede, meine, kein Mensch könne ihr so gut in allem beistehen, wie dieses Stineli. Er müsse es gut kennen, und wenn es so sei, wie er es beschreibe, so könnte es auch noch eine Rettung sein für so ein Mädchen, wenn es von da droben wegkomme; aber da wüßte sie ja von keinem Menschen, der ihr einen solchen Dienst tun würde.

Der Herr Pfarrer hatte ganz ernsthaft zugehört und kein Wort gesagt, bis die Frau Menotti fertig war. Er hätte auch nicht gut dazwischenkommen können mit Worten, denn sie hatte ihr Herz lange nicht ausgeschüttet und es war ihr so voll geworden, daß Frau Menotti bei dem großen Andrang der Worte fast um den Atem gekommen war.

Als nun alles still war, nahm der Herr Pfarrer erst ganz ruhig noch eine Prise zu der vorhergehenden; dann sagte er gelassen:

„Hm, hm, Frau Menotti, ich glaube fast, Ihr habt von den Leuten da droben eine Meinung, die fast erschrecklich ist;

es gibt doch auch noch Christen da, und seit man so allerhand Mittel erfunden hat, um weiter zu kommen, wird es auch noch möglich sein, daß einer ohne Gefahr dort hinaufkommt. Das wird man etwa in Erfahrung bringen können, man muß sich besinnen." Hier mußte der Herr Pfarrer sich erst wieder ein wenig stärken aus seiner Dose, dann fügte er bei: „Es gibt allerlei Händler, die von da oben herunter nach Bergamo kommen, Schafhändler und Roßhändler, die müssen die Wege wissen. Man kann sich erkundigen und dann muß man sich bestimmen; es wird etwa ein Mittel gefunden werden. Wenn Euch viel dran liegt, Frau Menotti, so will ich mich etwa umsehen; ich komme alle Jahre ein- oder zweimal nach Bergamo, so könnte ich die Sache ein wenig in die Hand nehmen."

Frau Menotti war von solcher Dankbarkeit, daß sie gar nicht wußte, wie sie diese dem Herrn Pfarrer ausdrücken sollte. Mit einem Male waren ihr alle die schweren Gedanken abgenommen, die sie so viele Tage und Nächte lang verfolgt hatten, und in die sie sich immer mehr verwickelt hatte, je mehr sie sich damit abgab, so daß sie keinen Ausweg mehr vor sich gesehen hatte. Nun hatte der Herr Pfarrer die ganze Last auf sich genommen, und sie konnte den Silvio von nun an auf ihn verweisen.

Silvio hatte das ganze Gespräch über mit seinen grauen Augen den Herrn Pfarrer fast durchbohrt vor Spannung. Als dieser nun aufstand und dem Kleinen die Hand zum Abschied bot, patschte Silvio die seinige ganz gewaltig hinein, so als wollte er sagen: diesmal gilt's mir! Der Herr Pfarrer versprach, Bericht zu geben, sobald er seine Erkundigungen eingezogen hätte und wüßte, ob die Sache ausführbar wäre, oder ob Silvio von seinem Begehren abstehen müsse.

Nun vergingen die Wochen eine nach der anderen, aber der Silvio hielt sich gut. Er hatte eine bestimmte Hoffnung vor Augen, und dazu war der Rico auf einmal so unterhaltend und lebendig geworden, wie noch nie. In den war es gefahren wie ein zündender Freudenfunke, als er den Ausspruch des Herrn Pfarrers vernommen hatte, und seither war ein neues Leben in ihm. Er wußte dem Silvio mehr zu erzählen als je, und nahm er seine Geige zur Hand, so kamen so herzerquickende Töne und Weisen daraus hervor, daß die Frau Menotti gar nicht mehr aus dem Zimmer weg mochte und sich nicht genug verwundern konnte, woher der Rico das alles nahm.

Rico hatte auch nur in dieser Stube rechte Freude an seiner Geige; in dem weiten, hohen Raum tönte es so schön und da war es so still und luftig, da war kein Tabaksqualm und kein Menschentumult, und er mußte nicht bei den Tänzen bleiben, sondern konnte spielen, was ihn freute. Mit jedem Tage kam auch Rico lieber in das Haus, und oft, wenn er eintrat, dachte er: so ist es wohl einem zumute, der heimkommt. Aber er war ja doch nicht daheim, er durfte nur für ein paar Stunden kommen und mußte immer wieder gehen.

In der letzten Zeit war aber etwas in den Rico gefahren, das die Wirtin manchmal in große Verwunderung setzte. Wenn sie etwa das schmutzige, zerbrochene Abfallbecken vor ihn hinstellte und sagte: „Da, Rico, bring es den Hühnern!" – so stellte er sich etwas auf die Seite und legte die Hände auf den Rücken, zum Zeichen, daß er das Becken nicht berühren möge, und sagte ruhig: „Ich wollte lieber, das täte jemand anders!" Und wenn sie die alten Schuhe hervorbrachte und Rico in die Hand geben wollte, daß er sie zum Schuhflicker hintrage, so tat Rico wieder desgleichen und sagte: „Ich wollte lieber, es ginge ein anderer."

Die Wirtin aber war eine kluge Frau und hatte ihre Augen im Kopfe, um damit zu sehen, was vorging, und so war es ihr nicht entgangen, wie Rico sich seit einiger Zeit verändert hatte und wie er aussah. Frau Menotti hatte ihn immer gut gekleidet, seit sie die Verpflichtung dazu übernommen hatte; da aber dem Rico alles gut stand und er immer mehr aussah wie ein Herrensöhnchen, so hatte die Frau Menotti ihre Freude daran und kleidete ihn in gute Stoffe, und Rico ging sorgsam und ordentlich damit um, denn er mochte gern, was schön anzusehen war, und Schmutz und Unordnung war ihm zuwider wie der Lärm. Das sah die Wirtin alles an, und dazu war ihr wohlbewußt, wie der Rico ganz so, wie er das erste Mal getan, immer noch wenn er von den Tanzbelustigungen aus der Umgegend zurückkehrte, seine Tasche vor ihr ausleerte und das Geld hinrollen ließ, ohne eine Miene zu machen, als ob er nur etwas davon begehrte.

Er brachte auch immer mehr, denn er war nicht nur Tanzgeiger, wie die anderen; man wollte auch immer noch seine Lieder hören nach dem Tanzen und allerhand Melodien, die er wußte. So war der Wirtin daran gelegen, den Rico willig zu erhalten, und sie ließ ihn in Ruhe mit den Hühnern und den alten Schuhen und begehrte diese Dienste nicht mehr von ihm.

Über all' diesen Ereignissen waren an die drei Jahre dahingegangen, seit der Rico der Peschiera erschienen war. Er war nun ein vierzehnjähriger aufgeschossener Junge geworden, und wer ihn ansah, der hatte sein Wohlgefallen an ihm.

Wieder leuchteten die goldenen Herbsttage über den Gardasee und der blaue Himmel lag auf der stillen Flut. Im Garten hingen die Trauben golden an den Ranken und die roten Oleanderblumen funkelten im lichten Sonnenschein. In Silvios Stube war es ganz still; denn die Mutter war draußen, um Trauben und Feigen zum Abend hereinzuholen. Silvio lauschte auf Ricos Tritt, denn es war die Zeit, da er gewöhnlich kam. Jetzt ging das Pförtchen auf am Zaun; Silvio schoß auf. Ein langer schwarzer Rock kam hereingewandert, es war der Herr Pfarrer. Diesmal kroch Silvio nicht ins Loch; er streckte seine Hand, so weit er konnte, dem Herrn Pfarrer entgegen, lange eh' dieser nur halbwegs im Garten angekommen war. Der Empfang gefiel ihm aber; er trat gleich in die Stube ein und an Silvios Bett hin, obschon er die Mutter hinten im Garten sah, und sagte: „So ist's recht, mein Sohn, und wie steht es mit der Gesundheit?" – „Gut", entgegnete Silvio schnell. Er schaute in höchster Spannung den Herrn Pfarrer an und fragte dann halblaut: „Wann kann der Rico gehen?"

Der Herr Pfarrer setzte sich an dem Bett nieder und sagte mit feierlichem Ton: „Morgen um fünf Uhr wird der Rico reisen, mein Söhnchen."

Frau Menotti war eben eingetreten, und nun ging es an ein Fragen und Verwundern von ihrer Seite, daß der Herr Pfarrer Mühe hatte, sie zu beschwichtigen, damit er ungestört seinen Bericht auseinanderlegen könnte. Es gelang ihm endlich, und Silvio hielt seine Augen auf ihn geheftet wie ein kleiner Sperber, als nun die Erzählung kam.

Der Herr Pfarrer kam eben von Bergamo her, wo er zwei Tage zugebracht hatte. Da hatte er mit Hilfe seiner Freunde einen Roßhändler ermittelt, der kam schon seit 30 Jahren jeden Herbst nach Bergamo und kannte alle Wege und Gegenden von da bis noch weit über die Berge hinaus, wo Rico hin mußte. Er wußte auch, wie man in die Berge hinaufkommen konnte, ohne nur auszusteigen und zu schlafen unterwegs. Den Weg machte er selbst und wollte den Rico mitnehmen, wenn er am Morgen mit dem ersten Zuge in Bergamo ankomme. Der Mann kannte auch alle Kutscher und Kondukteure und wollte für die Rückkehr den Jungen und seine Begleiterin den Leuten übergeben und anempfehlen, so daß sie sicher reisen würden.

So fand der Herr Pfarrer, man könne nun den Rico in Frieden ziehen lassen, und gab seinen Segen zu der Reise.

Als er aber schon am Gartenzaun stand, kehrte die Frau Menotti, die ihn begleitet hatte, noch einmal um und fragte voller Besorgnis: „Ach, Herr Pfarrer, wird auch sicher keine Lebensgefahr dabei sein, oder daß der Rico auf den verirrlichen Wegen sich verlieren könnte und dann in den wilden Bergen umherirren müßte?"

Der Herr Pfarrer beruhigte die Frau nochmals, und nun ging sie zurück und bedachte, was nun alles für den Rico zu tun sei. Dieser trat eben in den Garten ein, und das Freudengeschrei, welches ihm Silvio nun entgegensandte, war so erstaunlich, daß Rico in drei Sprüngen an dem Bett war, um zu sehen, was sich da ereignet habe.

„Was hast du? was hast du?" fragte Rico immerzu, und Silvio rief in einem fort: „Ich will's sagen! Ich will's sagen!" vor lauter Angst, die Mutter komme ihm zuvor. Diese ließ aber nun die Buben mit ihrer Freude allein und ging ihrem Geschäfte nach, denn das war nun das Wichtigste. Sie holte einen Reisesack hervor und stopfte unten hinein ein ungeheures Stück geräuchertes Fleisch und einen halben Laib Brot und ein großes Paket gedörrter Pflaumen und Feigen und eine Flasche Wein, gut in ein Tuch gewickelt, und dann kamen die Kleider, zwei Hemden, ein Paar Strümpfe und ein Paar Schuhe und Taschentücher, und bei alledem war der Frau nicht anders zumute, als reiste Rico nach dem fernsten Weltteil, und sie merkte nun erst recht, wie lieb ihr der Rico war, so daß sie ohne ihn fast nicht mehr sein konnte.

Sie mußte auch zwischen dem Packen immer wieder niedersitzen und denken: „Wenn es nur auch kein Unglück gibt!"

Nun kam sie herunter mit dem Sack und ermahnte den Rico, jetzt gleich hinzugehen und der Wirtin alles gut zu erklären und sie zu bitten, daß sie ihn auch gehen lasse und nichts dagegen habe, und den Sack könne er gleich auf die Bahn bringen.

Rico war zum höchsten erstaunt über sein Gepäck; er tat aber folgsam, wie ihm geheißen wurde, und ging dann zur Wirtin. Er erzählte dieser, daß er in die Berge hinauf müsse und das Stineli herunterholen, und es komme vom Herrn Pfarrer her, daß er gleich morgen um fünf Uhr fort müsse. Das flößte der Wirtin schon ein wenig Respekt ein, daß der Herr Pfarrer mit der Sache zu tun habe. Sie wollte aber wissen, wer das Stineli sei und was es im Sinn habe; sie dachte gleich, das könnte etwas für sie sein. Sie brachte aber nur in Erfahrung, daß das Stineli ein Mädchen sei, das Stineli heiße, und daß es zur Frau Menotti komme. Da ließ sie die Sache gehen, denn der Frau Menotti wollte sie nichts in den Weg legen; sie war zufrieden genug, daß diese den Rico ihr so ruhig überlassen hatte. Sie nahm auch an, das Stineli sei natürlich Ricos Schwester, er sage es nur nicht, wie er überhaupt nie etwas von seinen Familienverhältnissen gesagt hatte.

So erzählte sie auch noch denselben Abend allen Gästen, die ins Haus kamen, der Rico hole morgen seine Schwester herunter, denn er habe erfahren, wie gut man es hier unten haben könne.

Nun wollte sie aber auch zeigen, wie sie es mit dem Rico meinte. Sie holte einen großen Korb vom Estrich herunter und steckte ihn ganz voller Würste und Käse und Eier und Brotschnitten mit fingerdicker Butter dazwischen und sagte:

„Auf der Reise mußt du keinen Hunger haben, und das übrige kannst du schon dort oben brauchen; da wirst du nicht zu viel finden, und im Heimweg mußt du auch noch etwas haben. Denn du kommst doch wieder, Rico, sicher?"

„Sicher", sagte Rico, „in acht Tagen bin ich wieder da."

Nun trug Rico noch seine Geige zur Frau Menotti, denn die hätte er sonst niemandem anvertraut, und nun nahm er Abschied für acht Tage, denn nach Verfluß dieser Zeit konnte er wohl wieder da sein, wenn alles gut ging.

Siebzehntes Kapitel

Über die Berge zurück

Am Morgen lang vor fünf Uhr stand Rico fertig auf der Station und konnte kaum erwarten, daß es vorwärts ging. Nun saß er im Wagen wie vor drei Jahren, aber nicht mehr so furchtsam in die Ecke gedrückt, mit der Geige in der Hand; jetzt brauchte er eine ganze Bank, denn neben ihm lagen Sack und Korb, die nahmen einen guten Platz ein. In Bergamo traf er richtig mit dem Roßhändler zusammen und nun reisten sie ungestört weiter, noch ein gutes Stück in demselben Wagen, dann über den See. Dann stiegen sie aus und wanderten gegen ein Wirtshaus hin, da standen schon die Pferde angespannt an dem großen Postwagen. Da erinnerte sich Rico deutlich, wie er hier gestanden in der Nacht, ganz allein, nachdem die Studenten dorthinüber gegangen waren, und drüben sah er die Stalltür, wo er die Laterne hangen gesehen und dann den Schafhändler wiedergefunden hatte. Es war schon Abend und bald bestieg man den Postwagen und fuhr den Bergen zu. Diesmal saß Rico mit seinem Begleiter im Wagen, und kaum hatte er sich auch recht in seine Ecke gesetzt, als ihm die Augen zufielen, denn vor Aufregung hatte er die vorhergehende Nacht keine Stunde geschlafen. Nun holte er es nach; ohne nur einmal zu erwachen, schlief Rico fort, bis die Sonne hoch am Himmel stand und der Wagen ganz langsam fuhr, und als er seinen Kopf aus dem Fenster steckte, erblickte Rico zu seiner unbeschreiblichen Verwunderung, daß der Wagen die Zickzackstraße hinauffuhr, die auf den Maloja führt und die er so wohl kannte.

Aus dem Fenster konnte er nicht viel sehen, nur von Zeit zu Zeit eine Wendung der Straße; aber jetzt hätte er so gern alles gesehen ringsum. Nun hielt der Wagen still, man war auf der Höhe angekommen. Da stand das Wirtshaus, da am Wege hatte er sich hingesetzt und mit dem Kutscher gesprochen. Alle Reisenden stiegen einen Augenblick aus, den Pferden wurde ein Futter gegeben. Rico stieg auch aus dem Wagen; er ging zum Kutscher hin und fragte ganz demütig: „Darf ich mit Euch auf dem Bock fahren bis nach Sils?"

„Steig auf", sagte der Kutscher.

Und nun stieg alles wieder ein und auf und im lustigen Trab ging es abwärts und die ebene Straße dahin. Jetzt kam der See. Dort lag die waldige Halbinsel, und dort – das waren die weißen Häuser von Sils, und drüben lag Sils-Maria. Das Kirchlein schimmerte in der Morgensonne, und dort gegen den Berg hin sah er die beiden Häuschen.

Jetzt fing Ricos Herz stark zu klopfen an. Wo konnte Stineli sein? Nur noch wenige Schritte, und der Postwagen hielt an in Sils.

Stineli hatte seit Ricos Verschwinden viele harte Tage erlebt. Die Kinder wurden größer, und es gab immer mehr Arbeit und das meiste fiel auf Stineli; denn es war das älteste von den Kindern und neben den Alten war es doch das Jüngste; so hieß es bald: „Das Stineli kann dies tun, es ist ja alt genug", und dann gleich nachher: „Das kann Stineli verrichten, denn es ist noch jung." Die Freude konnte es mit niemandem mehr recht teilen, seit der Rico fort war, wenn es noch einen Augenblick Zeit dazu gehabt hätte.

Vor dem Jahre war dann die gute Großmutter gestorben, und von da an gab es für Stineli auch keine freien Augenblicke mehr; denn vom Morgen bis am Abend war da so viel Arbeit zu tun, daß man nie fertig wurde, sondern nur immer mittendrin war.

Aber Stineli hatte seinen guten Mut nie verloren, obschon

es um die Großmutter stark hatte weinen müssen und jetzt noch jeden Tag ein paarmal dachte: ohne die Großmutter und den Rico sei es nicht mehr so schön auf der Welt, wie es einmal gewesen war. An einem sonnigen Samstagmorgen kam es mit einem großen Bündel Stroh auf dem Kopfe hinter der Scheune hervor; es wollte schöne Strohwische machen zum Fegen am Abend. Die Sonne schien schön auf den trockenen Weg gegen Sils hin und es stand still und schaute hinüber. Da kam ein Bursche des Weges, den es nicht kannte, das war kein Silser, das sah es sogleich. Und wie er näher kam, stand er still und schaute das Stineli an, und es schaute ihn auch an und war verwundert; aber mit einem Male warf es sein Strohbündel weit weg und sprang auf den Stillstehenden zu und rief: „O Rico, bist du noch am Leben? Bist du wieder da? Aber du bist groß, Rico! Zuerst habe ich dich gar nicht mehr erkannt; aber wie ich dir ins Gesicht sah, da habe ich dich gleich erkannt; es hat ja kein Mensch sonst so ein Gesicht wie du!"

Und Stineli stand ganz glühend rot vor Freude vor dem Rico, und der Rico stand kreideweiß vor innerer Erregung und konnte zuerst gar nichts sagen und schaute nur das Stineli an. Dann sagte er: „Du bist auch so groß, Stineli, aber sonst bist du noch wie vorher. Je näher ich dem Hause kam, je mehr wurde es mir angst, du seiest vielleicht anders geworden."

„O Rico, daß du wieder da bist!" jubelte das Stineli, „o wenn das die Großmutter wüßte! Aber du mußt hereinkommen, Rico, die werden sich alle verwundern!" Stineli lief voraus und machte die Tür auf, und Rico ging hinein. Die Kinder versteckten sich sogleich immer eins hinter das andere, und die Mutter stand auf und grüßte den Rico fremd und fragte, was ihm gefällig sei. Weder sie, noch eins der Kinder hatte ihn mehr erkannt. Jetzt traten auch Trudi und Sami in die Stube und grüßten im Vorbeigehen.

„Kennt ihr ihn denn alle nicht?" brach nun das Stineli aus; „es ist ja der Rico!"

Jetzt ging das Verwundern von allen Seiten an, und man war gerade noch daran, als der Vater eintrat zum Essen.

Rico ging ihm entgegen und bot ihm die Hand. Der Vater nahm sie und schaute den Jungen an.

„Ist's etwa einer von den Verwandten?" sagte er dann, denn er kannte diese nie so genau, wenn sie etwa kamen.

„Jetzt kennt ihn der Vater auch nicht", sagte Stineli ein wenig empört. „Es ist ja der Rico, Vater!"

„So, so, das ist recht", bemerkte der Vater und schaute ihn nun noch einmal an, von oben bis unten, dann fügte er bei: „Du darfst dich sehen lassen, hast du etwas von einer Hantierung gelernt? Komm, sitz zu mit uns, da kannst du's erzählen, wie es mit dir gegangen ist."

Rico setzte sich nicht gleich, er schaute immer wieder nach der Tür; endlich fragte er zögernd: „Wo ist die Großmutter?" Der Vater sagte, sie liege drüben in Sils, nicht weit vom alten Lehrer weg. Rico hatte wohl mit der Frage gezögert, weil er die Antwort fürchtete, da er die Großmutter nirgends sah. Er setzte sich nun zu Tisch mit den anderen, aber erst war er ganz still und essen konnte er auch nicht; er hatte die Großmutter so lieb gehabt.

Aber nun wollte der Vater etwas erzählen hören, wo der Rico hingekommen sei an jenem Tage, da sie nach ihm in der Rüfe herumstocherten, und was er in der Fremde erlebt habe. Da erzählte denn Rico alles, wie es ihm ergangen war, und kam so bald auf die Frau Menotti und den Silvio zu sprechen und erklärte nun deutlich, warum er hierher gekommen sei, und daß er mit dem Stineli nach Peschiera zurückkehren wolle, sobald es dem Vater und der Mutter recht sei. Das Stineli machte die Augen ganz weit auf während Ricos Erzählung, es hatte ja von allem noch gar kein Wort gehört. Wie ein Freudenfeuer leuchtete es auf in seinem Herzen: mit dem Rico an seinen schönen See hinuntergehen und wieder alle Tage mit ihm zusammensein bei der guten Frau und dem kranken Silvio, der so nach ihm begehrte.

Erst schwieg der Vater eine Zeitlang, denn er überstürzte nie ein Ding, dann sagte er: „Es ist recht, wenn eins unter die Fremden kommt, es lernt etwas; aber das Stineli kann nicht gehen, von dem ist keine Rede. Es ist nötig daheim; es kann ein anderes gehen, etwa das Trudi."

„Ja ja, so ist's besser", sagte die Mutter; „ohne das Stineli kann ich es nicht machen." Da hob das Trudi seinen Kopf vom Teller auf und sagte: „So ist es mir auch recht, es ist doch nur immer ein Kindergeschrei bei uns."

Das Stineli sagte kein einziges Wort; es sah nur ganz gespannt den Rico an, ob er nichts mehr sagen werde, weil der Vater so bestimmt abgesagt hatte, und ob er nun das Trudi mitnehmen wolle. Aber der Rico sah den Vater unerschrocken an und sagte:

„Ja, so geht es nicht. Der kranke Silvio will präzis das Stineli haben und kein anderes, und er weiß schon, was er will; er würde nur das Trudi wieder heimschicken, dann hätte es den Weg vergebens gemacht. Und dann hat mir die Frau Menotti auch noch gesagt: wenn das Stineli mit dem Silvio gut auskomme, so könne es alle Monate seine fünf Gulden heimschicken, wenn man es so begehre; und daß der Silvio und das Stineli gut zusammen fertig werden, weiß ich im voraus so gut, wie wenn ich es gerade vor mir sähe."

Der Vater stellte seinen Teller beiseite und setzte die Kappe auf. Er war fertig mit Essen, und zum strengen Nachdenken hatte er gern die Kappe auf dem Kopf; es war so, wie wenn sie ihm die Gedanken besser zusammenhielte.

Jetzt überdachte er im stillen, wie er sich abmühen mußte, bis er nur einen einzigen baren Gulden in die Hand bekam, und dann sagte er zu sich: „Fünf Gulden jeden Monat bar in die Hand, ohne auch nur einen Finger aufzuheben!" Dann schob er die Kappe auf die eine Seite und dann auf die andere, dann sagte er: „Es kann gehen; es wird ein anderes auch etwas tun können im Haus."

Stinelis Augen leuchteten. Die Mutter sah aber ein wenig

seufzend alle die kleinen Köpfe und Teller, denn wer sollte das alles säubern helfen? Und das Trudi gab dem Peterli einen Ellbogenstoß und sagte: „Sitz einmal still!", obschon er diesmal völlig ruhig seine Bohnen aß.

Der Vater hatte aber noch einmal an seiner Kappe gerutscht, es war ihm noch etwas in den Sinn gekommen. „Das Stineli ist aber noch nicht konfirmiert", sagte er; „es wird, denk' ich wohl, noch konfirmiert sein müssen."

„Ich werde erst in zwei Jahren konfirmiert, Vater", sagte Stineli eifrig; „so kann ich ganz gut jetzt für zwei Jahre fortgehen, und dann kann ich ja wieder heimkommen."

Das war ein guter Ausweg, nun waren auf einmal alle zufrieden. Der Vater und die Mutter dachten: wenn alles krumm gehe ohne das Stineli, so sei es doch nur für eine Zeit, die werde auch umgehen, und nachher sei es wieder da, und das Trudi dachte: „Sobald es wieder da ist, gehe ich, und dann können sie sehen, wann ich wiederkomme." Aber der Rico und das Stineli sahen einander an, und die helle Freude lachte ihnen aus den Augen.

Da der Vater die Sache nun als abgemacht ansah, stand er vom Tische auf und sagte: „Sie können dann morgen gehen, so weiß man, woran man ist."

Aber die Mutter schlug einen großen Jammer auf und sagte, so schnell werde es ja nicht sein müssen, und jammerte immerfort, bis der Vater sagte: „So können sie am Montag gehen", denn weiter hinaus wollte er es nicht verschieben, weil er dachte, es töne nun so fort, bis das Weggehen vorbei sei.

Für Stineli gab es nun Arbeit; das begriff der Rico wohl und er machte sich an den Sami und sagte ihm, er wolle sehen, ob es in Sils-Maria noch sei wie früher; und dann sollte er noch einen Sack und einen Korb von Sils herüberholen, da könnte ihm der Sami tragen helfen. So zogen sie aus. Zuerst stand Rico vor seinem ehemaligen Häuschen still und schaute die alte Haustüre an und den Hühnerstall; es war noch alles ganz gleich. Er fragte den Sami, wer drin wohne, ob die Base noch ganz allein sei. Aber die Base war schon lange fortgezogen, hinauf nach Silvaplana, und kein Mensch sah sie mehr, denn in Sils-Maria zeigte sie sich nie mehr. In dem Häuschen wohnten Leute, von denen Rico nichts wußte. Überall, wo er mit Sami hinkam, vor den alten bekannten Häusern und aus den Scheunen starrten ihn die Leute fremd an, kein einziger kannte ihn mehr. Wie sie am Abend nach Sils hinübergingen, da schwenkte Rico gegen den Kirchhof ein; er wollte auf das Grab der Großmutter gehen, aber Sami wußte nicht recht, wo es war.

Mit Sack und Korb beladen, kehrten die beiden, als es dunkelte, zum Hause zurück. Da stand Stineli noch am Brunnen und fegte den Stalleimer zum letzten Male, und als nun der Rico neben ihm stand, sagte es strahlend vor Freuden und Fegeifer: „Ich kann es noch fast nicht glauben, Rico!"

„Aber ich", sagte dieser so sicher, daß ihn das Stineli erstaunt ansehen mußte. „Aber weißt du, Stineli", fügte er hinzu, „du hast es auch nicht so lange ausdenken können wie ich."

Aber Stineli mußte sich noch ein paarmal wundern, daß der Rico so bestimmt etwas sagen konnte; das hatte es früher nicht an ihm gekannt.

Dem Rico hatte man ein Bett zurecht gemacht, oben in der Dachkammer; da schleppte er seine Sachen hinauf, denn erst morgen wollte er alles auspacken. Wie nun am folgenden Tage, am hellen, schönen Sonntag, alle um den Tisch saßen, da kam Rico und schüttete gerade vor das Urschli und den Peterli hin einen solchen Haufen von Pflaumen und Feigen, wie sie in ihrem ganzen Leben noch keinen gesehen hatten, und Feigen hatten sie auch noch gar nie gegessen; und seine Masse Würste und Fleisch und Eier stellte er mitten auf den Tisch. Und nachdem das große Erstaunen darüber ein wenig nachgelassen hatte, ging eine Schmauserei an, wie sie da noch nicht stattgefunden hatte, und bis zum späten Abend knupperten die Kinder im höchsten Vergnügen an den süßen Feigen herum.

Achtzehntes Kapitel.

Zwei frohe Reisende.

Am Montag mußte die Reise erst am Abend vor sich gehen, das hatte der Roßhändler dem Rico deutlich alles gesagt, so daß dieser nun perfekt seinen Weg wußte. Nachdem nun der Abschied genommen war, wanderten Rico und Stineli gegen Sils hin, und am Häuschen stand die Mutter und alle die kleinen Kinder um sie herum und schauten ihnen nach. Der Sami ging neben ihnen her und trug den Sack auf dem Kopfe, und den Korb trug Rico auf der einen und Stineli auf der anderen Seite. Stinelis Kleider hatten gerade beide angefüllt.

Bei der Kirche in Sils sagte Stineli: „Wenn uns die Großmutter noch sehen könnte! Wir wollen ihr doch noch Lebewohl sagen, nicht, Rico?" Er wollte gern und sagte Stineli, daß er schon dagewesen wäre und sie nicht gefunden hätte; aber Stineli wußte schon, wo die Großmutter lag.

Als der Postwagen heranfuhr und stillehielt, rief der Kutscher herunter: „Sind die zwei da, die an den Gardasee hinunter müssen? Ich habe schon gestern nachgefragt!"

Der Roßhändler hatte sie gut empfohlen, und nun rief der Kutscher: „Hier herauf, die anderen haben gefroren, der Wagen ist voll, ihr seid jung." Damit half er ihnen auf den Sitz hinter dem Bock, oben auf dem Wagen, und nahm eine dicke Roßdecke hervor, die deckte und stopfte er um die beiden, daß sie ganz eingewickelt dasaßen, und nun ging's vorwärts.

Zum ersten Male, seit sie sich wiedergesehen hatten, saßen nun Rico und Stineli allein beieinander und konnten sich ungestört erzählen von allem, was sie in den ganzen drei Jahren erlebt hatten. Das taten sie nun auch recht nach Herzenslust von Anfang an, und unter dem funkelnden Sternenhimmel fuhren sie dahin und hatten keinen Schlaf die ganze Nacht vor lauter Genuß und Vergnügen. Am Morgen kamen sie auf den See, und gerade um dieselbe Stunde, wie Rico in Peschiera angekommen war, so langten auch sie an und kamen den Weg hinunter, dem See zu. Aber Rico wollte nicht, daß das Stineli den See sehe, bis es an seinem Plätzchen angekommen war. So führte er es nun zwischen den Bäumen durch, bis sie auf einmal bei der kleinen Brücke herauskamen ins Freie.

Da lag der See in der Abendsonne, und Rico und Stineli saßen an der niederen Halde hin und schauten hinüber. So wie ihn Rico geschildert hatte, so war er, aber noch viel schöner, denn solche Farben hatte Stineli noch nie gesehen. Es schaute hin und her nach den violetten Bergen und auf die goldene Flut und rief endlich voller Entzücken: „Er ist noch schöner als der Silsersee."

Rico hatte ihn aber auch noch nie so schön gesehen als jetzt, da er mit dem Stineli dran saß.

Im stillen hatte Rico noch eine Freude; – wie konnte er den Silvio und seine Mutter überraschen! Kein Mensch hatte gedacht, daß er so bald zurücksein könnte. Bevor acht Tage um waren, erwartete sie niemand, und nun saßen sie schon da am See. Bis die Sonne unter war, blieben sie an der Halde sitzen. Rico mußte dem Stineli zeigen, wo die Mutter stand, wenn sie wusch am See und er dasaß und auf sie wartete, und er mußte erzählen, wie sie miteinander über die schmale Brücke kamen und sie ihn an der Hand hielt.

„Aber wo seid ihr dann hingegangen?" fragte Stineli. „Hast du nie das Haus gefunden, wo ihr hineingegangen seid?"

Rico verneinte es. „Wenn ich da hinaufgehe, vom See gegen die Schienenbahn hinauf, dann ist's auf einmal, als sei ich da mit der Mutter gestanden und habe auf einem Tritt gesessen und vor uns die roten Blumen gesehen; aber es ist nichts mehr da, und den Weg hinauf kenne ich nicht, den habe ich nie gesehen."

Endlich standen sie auf und gingen dem Garten zu; Rico trug den Sack und Stineli den Korb. Wie sie in den Garten eintraten, mußte Stineli überlaut ausrufen: „O wie schön, o die schönen Blumen!"

Das hatte den Silvio aufgeschnellt wie eine Feder. Er schrie aus Leibeskräften: „Der Rico kommt mit dem Stineli!"

Die Mutter glaubte, das Fieber habe ihn gepackt; sie warf ihre Sachen dahinten im Kasten, wo sie herumkramte, alle übereinander und kam herbeigelaufen.

In dem Augenblick aber trat der lebendige Rico unter die Tür, und vor Schrecken und Freude hätte es die gute Frau fast umgeworfen, denn bis auf diesen Augenblick hatte sie heimlich immerfort die schwersten Befürchtungen ausgestanden, das Unternehmen könnte dem Rico doch ans Leben gehen. Hinter dem Rico kam ein Mädchen hervor mit einem so freundlichen Gesicht, daß es der Frau Menotti sogleich das Herz gewann, denn sie war eine Frau von schnellen Eindrücken. Erst mußte sie aber dem Rico beide Hände fast abschütteln vor Freude, und währenddessen ging Stineli schnell an das Bettchen heran und begrüßte den Silvio, und es legte seinen Arm um des Bübleins schmale Schultern und lachte ihm ganz freundlich ins Gesicht, so, als hätten sie sich schon lang gekannt und gern gehabt, und der Silvio packte es gleich um den Hals und zog es ganz auf sein Gesicht herunter. Dann legte das Stineli dem Silvio ein Geschenk aufs Bett, das es in die nächste Tasche gesteckt hatte, um es gleich bei der Hand zu haben. Es war ein Kunstwerk, das der Peterli von jeher allen anderen Freuden vorgezogen hatte: ein Tannzapfen, dem in jede kleine Öffnung zwischen den harten Schuppen ein dünner Draht eingesteckt war. Oben auf dem Draht war je ein komisches Figürchen von Pantoffelholz festgemacht. Alle diese Figürchen zappelten aber so lustig gegeneinander und verbeugten sich und hatten von Rötel und Kohle so feurig bemalte Gesichter, daß der Silvio nicht mehr aus dem Lachen kam.

Unterdessen hatte die Mutter von Rico das Notwendigste vernommen, daß er sicher und glücklich wieder da sei, und sie kehrte sich nun zum Stineli und begrüßte es mit aller Herzlichkeit, und Stineli sagte mehr mit seinen freundlichen Augen als mit seinem Munde, denn es konnte gar nicht italienisch und mußte sich mit seinen romanischen Worten helfen, wie es konnte. Aber es war nicht von schwerer Gemütsart und fand sich gleich zurecht, und wo es das Wort nicht fand, da beschrieb es die Sache gleich mit den Fingern und allerhand Zeichen, was dem Silvio unbeschreiblich kurzweilig vorkam, denn es war wie ein Spiel, wo es immer etwas zu erraten gab.

Nun ging die Frau Menotti an den Kasten, wo alles bereit lag, was man zum Essen brauchte, Teller und Tischtuch und das kalte Huhn und die Früchte und der Wein. Sowie Stineli das bemerkte, lief es augenblicklich der Frau Menotti nach und trug herzu und deckte den Tisch und war so erstaunlich flink, daß der Frau Menotti gar nichts mehr übrig blieb zu tun, als nur verwundert zuzusehen; und bevor sie nur Zeit hatte zu denken, was nun folge, hatte schon der Silvio alles auf seinem Brett, verschnitten und vorgelegt ganz ordentlich, wie es sein mußte, und die rasche Bedienung gefiel dem Silvio.

Da setzte sich Frau Menotti hin und sagte: „So habe ich es lange nicht gehabt, aber jetzt komm und sitz auch, Stineli, und iß mit uns."

Nun aßen alle fröhlich und saßen beisammen, so als hätten sie immer zueinander gehört und müßten auch immer so zusammenbleiben. Dann fing der Rico an von der Reise zu berichten, und derweilen stand Stineli auf und räumte leise alles wieder weg in den Kasten hinein, denn es wußte nun schon, wo jedes Ding seinen Platz hatte. Dann setzte es sich ganz nahe an Silvios Bett und machte Figuren mit seinen gelenkigen Fingern, so daß davon der Schatten auf die Wand fiel, und alle Augenblicke lachte der Silvio hell auf und rief aus: „Ein Hase! Ein Tier mit Hörnern! Eine Spinne mit langen Beinen!"

So verfloß der erste Abend so schnell und vergnüglich, daß keines begreifen konnte, wo die Zeit hingekommen war, als es nun zehn Uhr schlug. Rico stand auf vom Tisch, denn er wußte, daß er nun gehen mußte; es war aber eine schwarze Wolke über sein Gesicht gekommen. Er sagte kurz: „Gute Nacht!" und ging hinaus. Aber das Stineli lief ihm nach und im Garten nahm es ihn bei der Hand und sagte: „Nun darfst du nicht traurig werden, Rico; es ist so schön hier, ich kann dir gar nicht sagen, wie es mir gefällt und wie froh ich bin, und das habe ich alles dir zu danken. Und morgen kommst du wieder und alle Tage; freut es dich nicht, Rico?"

„Ja", sagte er und schaute das Stineli ganz schwarz an, „und alle Abende, wenn's am schönsten ist, muß ich fort und weg und gehöre zu niemandem."

„Ach, so mußt du nicht denken, Rico", ermunterte ihn Stineli; „nun haben wir doch immer zueinander gehört und ich habe mich drei Jahre lang immer darauf gefreut, wenn wir wieder einmal zusammenkommen werden, und wenn es daheim manchmal so zuging, daß ich lieber nicht mehr hätte dabei sein wollen, dann dachte ich immer: Wenn ich nur einmal wieder mit dem Rico sein könnte, so wollte ich alles gern tun. Und nun ist alles so gekommen, daß ich gar keine größere Freude wüßte, und jetzt willst du dich gar nicht mit mir freuen, Rico?"

„Doch, ich will", sagte Rico und schaute das Stineli heller an. Er gehörte doch zu jemand, Stinelis Worte hatten ihn wieder ins Gleichgewicht gebracht. Sie gaben einander noch einmal die Hand, dann ging der Rico zum Garten hinaus!

Als Stineli in die Stube zurückkam und nach der Mutter

Anweisung dem Silvio „Gute Nacht" sagen wollte, da ging ein neuer Kampf an; er wollte es durchaus nicht von sich weglassen und rief ein Mal ums andere: „Das Stineli muß bei mir bleiben und immer an meinem Bette sitzen, es sagt lustige Worte und lacht mit den Augen."

Da half nun keine Ermahnung, bis zuletzt die Mutter sagte: „So halt du jetzt das Stineli fest die ganze Nacht, daß es nicht schlafen kann, dann ist es morgen krank wie du und kann nicht aufstehen und du siehst es nicht mehr für lange Zeit."

Da ließ Silvio endlich Stinelis Arm los, den er fest umklammert hatte, und sagte:

„Geh, schlaf, Stineli; aber komm früh am Morgen wieder!"

Das versprach Stineli; und nun zeigte Frau Menotti ihm ein sauberes Kämmerlein, das auf den Garten hinausschaute, von wo ein lieblicher Blumenduft durch das offene Fenster heraufstieg. –

Mit jedem Tage wurde das Stineli nun dem kleinen Silvio unentbehrlicher; wenn es nur zur Tür hinausging, so sah er das für ein Unglück an. Dafür war er aber auch ordentlich und gut, wenn es bei ihm war, und tat alles, was es ihn hieß, und plagte seine Mutter gar nicht mehr. Es war auch, als ob das nervöse Büblein wirklich seit Stinelis Ankunft seine großen Schmerzen verloren habe, denn noch hatte er nie gejammert, seit es an seinem Bette saß, und doch war nun schon mancher Tag hingegangen seit jenem ersten Abend, da es erschienen war.

Stineli hatte aber auch eine unerschöpfliche Fundgrube von Unterhaltungen, und alles, was es nur in die Hand nahm, und was es tat und sagte, wurde zur anmutigsten Kurzweil für den Silvio, denn das Stineli hatte sich von ganz klein auf nach den kleinen Kindern richten müssen und immerfort darauf bedacht sein, sie zufrieden zu erhalten mit Worten und Händen und Blicken und auf jegliche Weise mit jeder Bewegung.

So war Stineli unbewußt in seinem Sein und ganzen Wesen schon die allerangenehmste Unterhaltung, die es für ein kleines, empfindliches, an sein Bettchen gefesseltes Büblein nur geben konnte. Das gelehrige Stineli hatte auch bald dem Silvio alle seine Worte abgelauscht und schwatzte ganz unverzagt mit Silvio drauflos, und wo es die Worte noch verkehrte, da hatte der Silvio einen Hauptspaß daran, und die Sache war für ihn wie ein absichtlich erfundenes Vergnügen.

Die Mutter konnte nie den Rico in den Garten treten sehen, ohne daß sie ihm entgegenlief, denn jetzt durfte sie laufen, wohin sie nur wollte und wann es ihr gefiel, und sie mußte ihn noch ein wenig auf die Seite nehmen, um ihm zu sagen, welchen Schatz er ihr ins Haus gebracht habe, wie glücklich und froh der kleine Silvio sei, wie in seinem ganzen armen Leben noch nie, und wie sie nur gar nicht begreife, daß es ein solches Mädchen geben könne: mit dem Silvio sei es ganz kindlich und gerade so, als habe es selbst die größte Freude an den Dingen, die dem Büblein Kurzweil machten; mit ihr könne es so vernünftig reden und habe eine Erfahrung in der Arbeit und im Einrichten, wie kaum eine Frau; und seit sie dieses Stineli im Hause habe, gehe alles wie von selbst und sie habe alle Tage Sonntag. Kurz, Frau Menotti konnte gar nicht genug Worte finden, um das Stineli in allen seinen Eigenschaften zu bewundern und zu loben, und der Rico hörte ihr gern zu.

Wenn sie dann alle drinnen beisammensaßen und immer eins das andere freundlicher ansah, so als wollte keines mehr gern vom anderen weggehen, dann hätte man denken müssen, das seien die glücklichsten Menschen weit umher, denen nichts mehr mangele. Aber mit jedem Abend wurde die Wolke auf Ricos Gesicht ein wenig dunkler und schwärzer, sobald es zehn Uhr schlug, und wenn es auch Frau Menotti in ihrer frohen Stimmung nicht merkte, so sah es doch das Stineli ganz gut und heimlich bekümmerte es sich und dachte: „Es ist, wie wenn ein Gewitter kommen wollte!"

Neunzehntes Kapitel

Wolken am schönen Gardasee

Es kam ein schöner Herbstsonntag, und drüben in Riva sollte am Abend Tanz sein und Rico hinüberfahren, um zu spielen. So konnte er den Tag nicht mit Stineli und den anderen zubringen; das war schon mehrmals verhandelt worden die Woche durch, denn es war ein Ereignis für alle, wenn Rico nicht kam, und Stineli suchte alles mögliche hervor, um der Sache noch eine gute Seite abzugewinnen: „Du fährst dann im Sonnenschein über den See und kommst unter dem Sternenhimmel wieder zurück, und wir denken die ganze Zeit an dich", hatte es ihm gesagt, als er zuerst anzeigte, daß ein Tanzsonntag folge.

Rico kam am Samstagabend mit seiner Geige, denn Stinelis größte Freude war sein Spiel. Rico spielte schöne Weisen, eine nach der anderen, aber sie waren alle traurig, und es war auch, als machten sie ihn wieder traurig, denn er schaute auf seine Geige mit einer Düsterkeit, als tue sie ihm das größte Leid an.

Auf einmal steckte er seinen Bogen weg, lang noch ehe es zehn geschlagen hatte, und sagte: „Ich will gehen."

Frau Menotti wollte ihn festhalten, sie begriff nicht, was ihm einfiel. Stineli hatte ihn immer angesehen, während er spielte; jetzt sagte es nur: „Ich gehe noch ein paar Schritte mit dir."

„Nein!" rief Silvio, „geh nicht fort, bleib da, Stineli!"

„Ja, ja, Stineli", sagte Rico, „bleib du nur da und laß mich gehen!"

Dabei sah er Stineli gerade so an wie damals, als er vom

Lehrer weg dem Holzstoß zu kam und sagte: „Es ist alles verloren!"

Stineli ging zu Silvios Bett und sagte leise: „Sei brav, Silvio; morgen erzähl' ich dir die allerlustigste Geschichte vom Peterli, aber mach jetzt keinen Lärm."

Silvio hielt sich wirklich still, und Stineli ging dem Rico nach. Als sie am Gartenzaun standen, kehrte Rico sich um und deutete auf die erleuchtete Stube, die so wohnlich aussah vom Garten her, und sagte:

„Geh wieder, Stineli; dort gehörst du hinein und bist daheim dort, und ich gehöre auf die Straße, ich bin nur ein Heimatloser, und so wird es immer sein; darum laß mich nur gehen!"

„Nein, nein, so lass' ich dich nicht gehen; Rico, wo gehst du jetzt hin?"

„An den See", sagte Rico und ging der Brücke zu. Stineli ging mit. Als sie an der Halde standen, hörten sie unten die leisen Wellen flüstern und lauschten eine Weile. Dann sagte Rico:

„Siehst du, Stineli, wenn du nicht da wärst, so ginge ich gleich fort, weit fort, aber ich wüßte auch nicht wohin. Ich muß doch immer ein Heimatloser sein und mein ganzes Leben lang so in Wirtshäusern geigen, wo sie lärmen, wie wenn sie von Sinnen wären, und in einer Kammer schlafen, wo ich lieber nicht mehr hineinginge; und du gehörst nun zu ihnen in das schöne Haus, und ich gehöre nirgends hin. Und siehst du, wenn ich da hinabsehe, so denke ich: hätte mich doch die Mutter hier hineingeworfen, ehe sie sterben mußte, so wäre ich kein Heimatloser geworden."

Stineli hatte mit Kummer im Herzen dem Rico zugehört; aber wie er diese letzten Worte sagte, da bekam es einen großen Schrecken und rief aus: „O Rico, so etwas darfst du gar nicht sagen. Du hast gewiß lange dein Unser-Vater nicht mehr gebetet, darum sind dir diese bösen Gedanken gekommen."

„Nein, ich habe es nicht mehr gebetet, ich kann es nicht mehr."

Das war dem Stineli ein erschreckliches Wort.

„O, wenn das die Großmutter wüßte, Rico", rief es jammernd aus, „sie müßte noch einen rechten Kummer für dich ausstehen. Weißt du, wie sie gesagt hat: ‚Wer sein Unser-Vater vergißt, dem geht es schlecht!' O komm, Rico, du mußt es wieder lernen, ich will dich's gleich lehren. Du kannst es bald wieder."

Und Stineli fing an und sagte mit warmer Teilnahme seines Herzens zweimal hintereinander dem Rico das Unser-Vater vor. Wie es nun so tief beteiligt den Worten folgte, so bemerkte Stineli, daß da gerade für den Rico viel Trostreiches darin vorkam, und wie es zu Ende war, sagte es:

„Siehst du, Rico, weil doch dem lieben Gott das ganze Reich gehört, so kann er dir schon noch eine Heimat finden, und ihm gehört auch alle Kraft, daß er sie dir geben kann."

„Jetzt kannst du sehen, Stineli", entgegnete Rico, „wenn der liebe Gott eine Heimat in seinem Reich für mich hätte und auch die Kraft hat, daß er mir sie geben könnte, so will er nicht."

„Ja, aber du mußt auch etwas bedenken", fuhr Stineli fort, „der liebe Gott kann auch bei sich selbst sagen: ‚Wenn der Rico etwas von mir will, so kann er auch einmal beten und kann mir's sagen.'"

Dagegen wußte Rico nichts mehr einzuwenden. Er schwieg eine kleine Weile, dann sagte er:

„Sag noch einmal das Unser-Vater, ich will's wieder lernen."

Stineli sagte es noch einmal, dann konnte es der Rico wieder und hatte sich's recht eingeprägt. Nun gingen sie friedlich heim, jedes auf seine Seite, und Rico mußte noch immer an das Reich und die Kraft denken.

An dem Abend aber, wie er in seiner stillen Kammer war, betete er von Herzen demütig, denn er fühlte, daß er im Unrecht war, zu denken, der liebe Gott sollte ihm geben, was ihm mangelte, und er hatte ihn ja gar nie darum gebeten.

Stineli trat gedankenvoll in den Garten ein. Es erwog bei sich selbst, ob es über alles mit der Frau Menotti reden wollte; vielleicht könnte sie für den Rico eine andere Beschäftigung finden, als dies Geigen zum Tanz in den Wirtshäusern, das ihm so zuwider war. Aber der Gedanke, die Frau Menotti mit seinen Angelegenheiten zu beschäftigen, verging ihm, als es in die Stube eingetreten war. Silvio lag glühendrot auf seinem Kissen und atmete heftig und ungleich, und am Bette saß die Mutter und weinte ganz kläglich. Silvio hatte einmal wieder einen seiner Anfälle und große Schmerzen gehabt, und ein wenig Zorn, daß das Stineli fort war, mochte das Fieber noch vermehrt haben. Die Mutter war so niedergeschlagen, wie Stineli sie noch nie gesehen hatte. Als sie sich endlich ein wenig ermuntern konnte, sagte sie:

„Komm, Stineli, setz dich da neben mich, ich möchte dir etwas sagen. Sieh, es liegt mir etwas so schwer auf dem Herzen, daß ich manchmal meine, ich könne es fast nicht mehr tragen. Du bist freilich jung, aber du bist ein vernünftiges Mädchen und hast schon viel gesehen, und ich meine, es würde mir schon leichter werden, wenn ich mit dir darüber reden könnte. Du siehst ja, wie es mit dem Silvio ist, mit meinem einzigen Söhnlein. Nun habe ich aber nicht nur das Leid seiner Krankheit, die ja nie heilen kann, sondern ich muß oft bei mir selbst sagen: es ist vielleicht eine Strafe von Gott, weil wir unrechtes Gut behalten haben und genießen, wenn wir es schon nicht an uns ziehen und behalten wollten. Ich will dir's aber von Anfang an erzählen.

„Als wir uns verheirateten, der Menotti und ich – er hatte mich von Riva herübergeholt, wo mein Vater noch ist –, da hatte Menotti hier einen guten Freund, der wollte eben fort, weil ihm das Land verleidet war, denn er hatte seine Frau verloren. Er hatte ein Häuschen und einen großen Acker und

Feld, nicht besonders gutes Land, aber eine große Strecke. Da wollte er, daß mein Mann alles übernehme, und sagte, das Land trage ja nicht so viel, er solle es ihm in Ordnung halten und das Haus dazu, bis er wiederkomme in ein paar Jahren. So machten es die Freunde aus, und sie hielten viel voneinander und machten nichts aus wegen Zinsen. Mein Mann sagte: ‚Du mußt deine Sache recht haben, wenn du wiederkommst‘, denn er wollte alles gut verwerten und verstand sich auf den Landbau, und sein Freund wußte es wohl und überließ ihm alles. Aber gleich ein Jahr darauf wurde die Eisenbahn gebaut, das Häuschen mußte weg mit dem Garten, und der Acker wurde gebraucht, der Schienenweg geht darüber. So löste mein Mann viel mehr Geld, als jenes wert war, und kaufte hier weiter unten gutes Land und den Garten und baute das Haus, alles aus dem Geld, und das Land trug mehr als das Doppelte ein hier unten, so daß wir die reichsten Ernten hatten. Ich sagte aber manchmal zu meinem Mann: ‚Es gehört uns doch nicht, und wir leben im Überfluß aus dem Gut eines anderen; wenn wir nur wüßten, wo er wäre!‘ Aber mein Mann beruhigte mich und sagte: ‚Ich halte ihm alles in Ordnung, und wenn er kommt, ist alles sein, und vom Gewinn, den ich beiseite gelegt, muß er auch seinen Teil haben.‘

„Dann bekamen wir den Silvio, und wie ich entdeckte, daß das Büblein elend war, da mußte ich mehr und mehr zu meinem Mann sagen: ‚Wir leben von unrechtem Gut, es ist eine Strafe über uns.‘ Und manchmal war es mir so schwer, daß ich fast lieber arm gewesen wäre und ohne Obdach. Aber mein Mann tröstete mich wieder und sagte: ‚Du wirst sehen, wie er mit mir zufrieden sein wird, wenn er kommt.‘ Aber er kam nie. Da starb mein Mann schon vor vier Jahren; ach, was habe ich seitdem ausgestanden und muß immer denken: wie kann ich nur dem unrechten Gut abkommen ohne Unrecht, denn ich sollte es doch in guter Ordnung halten, bis der Freund wiederkommt, und dann denk’ ich wieder: wenn er nun irgendwo im Elend wäre und ich lebe unterdessen so gut aus dem Seinigen und weiß nichts von ihm."

Stineli hatte ein großes Mitleid mit der Frau Menotti, denn es konnte sich so gut denken, wie es der Frau zumute war, die sich ein Unrecht vorwarf, das sie nicht ändern konnte. Und es tröstete die Frau Menotti und sagte ihr: wenn man ein Unrecht gar nicht wolle und es so gern gut machen möchte, dann dürfe man recht zuversichtlich den lieben Gott bitten, daß er helfe, denn er könne schon etwas Gutes machen aus dem, was wir verkehrt gemacht haben, und er wolle es auch tun, wenn es uns um das Verkehrte recht leid sei. Das wisse es alles von der Großmutter her, denn es habe sich auch einmal nicht mehr zu helfen gewußt und eine große Angst ausgestanden.

Dann erzählte Stineli von dem See, den Rico immer im Sinn gehabt, und wie es schuld an seinem Fortlaufen gewesen sei und gefürchtet habe, er sei ums Leben gekommen. Und es sagte, es sei ihm dann auch ganz wohl geworden, wie es so gebetet und alles dem lieben Gott überlassen habe, und Frau Menotti müsse es nun auch so machen, dann werde es ihr ganz leicht werden ums Herz, denn sie könne dann immer fröhlich denken: „Jetzt hat der liebe Gott die Sache übernommen." Die Frau Menotti wurde ganz fromm gestimmt von Stinelis Worten und sagte, sie wolle nun in Frieden zur Ruhe gehen, es habe ihr recht wohl gemacht mit seiner Zuversicht.

Zwanzigstes Kapitel

In der Heimat

Als der goldene Sonntagmorgen über den Garten mit den roten Blumen leuchtete, trat Frau Menotti heraus und setzte sich auf die Rasenbank am Zaun. Sie schaute ringsum und hatte ihre eigenen Gedanken dabei. Hier die Oleanderblumen und die Lorbeerhecke dahinter, dort die vollen Feigenbäume und die goldenen Weinranken dazwischen, – da sagte sie leise für sich: „Gott weiß, ich wäre froh, wenn mir das Unrecht vom Gewissen genommen würde; aber so schön, wie es hier ist, würde ich's nirgends mehr finden."

Jetzt trat der Rico in den Garten; er mußte ja heut' Nachmittag fort, und so den ganzen Tag, ohne einmal zu kommen, konnte er's nicht gut aushalten. Als er gerade nach der Stube gehen wollte, rief ihn Frau Menotti und sagte:

„Setz dich einen Augenblick hier zu mir; wer weiß, wie lange wir hier noch nebeneinander sitzen werden!"

Rico erschrak.

„Warum denn, Frau Menotti, Ihr geht doch nicht fort?" Nun mußte Frau Menotti ablenken, ihre Geschichte konnte sie nicht erzählen. Es kam ihr in den Sinn, was Stineli ihr gestern Abend vom Rico gesagt hatte; sie war aber so von ihrer eigenen Sache erfüllt gewesen, daß sie es nicht recht verstanden hatte. Jetzt fing es an, sie ein wenig zu wundern, da es ihr wieder in den Sinn kam.

„Sag einmal, Rico", fing sie an, „warst du denn früher schon einmal da, daß du den See wiedersehen wolltest, wie mir gestern das Stineli erzählt hat?"

„Ja, wie ich klein war", sagte Rico, „dann kam ich fort."

„Wie kamst du denn hierher, als du klein warst?"

„Hier kam ich auf die Welt."

„Was, hier? Was war denn dein Vater, daß er aus den Bergen hier herunterkam?"

„Er war nicht aus den Bergen, nur die Mutter!"

„Was du sagst, Rico. Dein Vater war doch nicht von hier?"

„Doch, er war von hier."

„Das hast du alles nicht erzählt, das ist ja so merkwürdig! Du hast doch keinen Namen von hier; wie hieß denn dein Vater?"

„Wie ich hieß er: Enrico Trevillo."

Frau Menotti fuhr von der Bank auf, als treffe sie ein Anfall.

„Was sagst du da, Rico", rief sie, „was hast du gerade jetzt gesagt?"

„Meines Vaters Namen", sagte Rico ruhig.

Frau Menotti hatte nicht mehr zugehört, sie war an die Tür gelaufen.

„Stineli, gib mir ein Halstuch", rief sie hinein. „Ich muß zum Herrn Pfarrer auf der Stelle, mir zittern alle Glieder."

Stineli brachte erstaunt ein Halstuch.

„Komm ein paar Schritte mit mir, Rico", sagte Frau Menotti im Weggehen; „ich muß dich noch etwas fragen."

Zweimal noch mußte Rico sagen, wie sein Vater hieß, und zum dritten Male fragte Frau Menotti ihn noch an der Tür des Pfarrers, ob er auch sicher sei. Dann trat sie in das Haus ein. Rico kehrte zurück und war verwundert über den Zustand der Frau Menotti.

Rico hatte seine Geige mitgebracht, er wußte, daß es dem Stineli jedesmal Freude machte, wenn sie mitkam. Als er nun damit in der Stube anlangte, traf er den Silvio und das Stineli in der besten Stimmung; denn Stineli hatte seinem Versprechen gemäß die Geschichte vom Peterli erzählt und damit sich und den Silvio in die größte Heiterkeit versetzt. Als dieser nun die Geige erblickte, rief er gleich: „Nun wollen wir singen, mit dem Stineli wollen wir die Schäflein singen." Stineli hatte sein Lied nie mehr gehört, seit es entstanden war; denn Rico spielte jetzt viele schöne Weisen, und es hatte lange niemand mehr an das Lied gedacht. Daß aber der kleine Silvio das deutsche Lied singen wollte, überraschte es sehr, denn es wußte nicht, wie viele hundert Male Rico es ihm vorgesungen hatte in den drei Jahren. Stineli hatte die größte Freude, daß es das alte Lied wieder einmal mit Rico singen sollte, und nun ging's an, und richtig: Silvio sang aus allen Kräften mit, und ohne daß er ein einziges Wort verstand, hatte er sie alle dem Tone nach behalten durch das viele Anhören. Aber diesmal war das Lachen am Stineli; denn Silvio sprach seine Worte meistens so ganz verwunderlich aus, daß es vor Lachen gar nicht singen konnte, und wie nun der Silvio das Stineli so mit dem ganzen Gesicht lachen sah, da fing auch er an, und dann sang er noch vernehmlicher und lauter, daß das Stineli noch mehr lachen mußte, und dazu geigte der Rico mit aller Kraft sein: „Schäflein hinunter".

So tönte schon von weitem das singende Gelächter der Frau Menotti entgegen, als sie sich ihrem Garten näherte, und sie konnte nicht recht fassen, wie das so sein konnte in dieser ereignisvollen Stunde. Eilends kam sie durch den Garten und trat in die Stube ein; sie mußte sich gleich auf dem ersten Stuhle niederlassen, denn der Schrecken und die Freude und das Laufen und die Erwartung aller kommenden Dinge hatten sie überwältigt, und sie mußte erst zu sich kommen. Die Sänger waren verstummt und schauten verwundert auf die Mutter. Jetzt hatte sie sich gesammelt.

„Rico", sagte sie, feierlicher als sonst, „Rico, sieh um dich! Dieses Haus, dieser Garten, das Feld, alles, was du hier sehen und nicht sehen kannst von oben bis unten, das gehört alles dir; du bist der Besitzer, es ist dein väterliches Erbgut. Da ist deine Heimat; dein Name steht im Taufbuch, du bist der Sohn von Enrico Trevillo, und der war meines Mannes nächster Freund."

Stineli hatte bei den ersten zwei Worten schon alles begriffen und unaussprechliche Freude überstrahlte sein Gesicht. Rico saß wie versteinert auf seinem Stuhl und gab keinen Laut von sich. Aber der Silvio, große Kurzweil ahnend, brach in Jubel aus und rief:

„O jetzt gehört auf einmal das Haus dem Rico! Wo muß er schlafen?" „Muß? Muß? Silvio!" sagte die Mutter. „In allen Stuben kann er sein, wo er will; er kann uns alle drei heut' noch da hinausstellen, wenn er will, und ganz mutterseelenallein im Hause bleiben."

„Dann ging ich lieber auch zu euch hinaus", sagte Rico.

„Ach, du guter Rico!" rief Frau Menotti aus; „wenn du uns da drinnen haben willst, wie bleiben wir so gern! Siehst du, ich habe mir schon im Heimweg ein wenig ausgedacht, wie wir es machen könnten. Ich könnte dir das halbe Haus abnehmen und so mit dem Garten und dem Land; so gehörte die eine Hälfte von allem dir und die andere dem Silvio."

„Dann geb' ich meine Hälfte dem Stineli", rief Silvio.

„Und ich die meine auch", sagte Rico.

„Oho, nun gehört alles dem Stineli!" frohlockte der Kleine aus seinem Bett heraus, „der Garten und das Haus und alles, was drin ist, die Stühle und die Tische und ich und der Rico und seine Geige. Jetzt wollen wir wieder singen!"

Aber so abgemacht, wie der Silvio die Sache auffaßte, kam sie dem Rico nicht vor. Er hatte unterdessen über die Worte der Frau Menotti nachgedacht und fragte nun zaghaft:

„Aber wie könnte das sein, daß das Haus von Silvios Vater mein wäre, darum, daß mein Vater sein Freund war?"

Da fiel es der Frau Menotti erst ein, daß ja der Rico von dem ganzen Hergang der Sache noch nichts wußte, und sie fing gleich an und erzählte die ganze Geschichte von vorn an und noch viel weitläufiger, als sie am Abend vorher alles dem Stineli erzählt hatte. Und wie sie zu Ende war, da hatten die drei alles völlig begriffen, und bei allen dreien ging ein unbeschreiblicher Jubel los, denn da war gar kein Hindernis mehr, daß Rico auf der Stelle in sein Haus einziehe und es nie wieder verlasse.

Mitten aus dem Jubel heraus aber sagte Rico:

„Weil doch alles so ist, Frau Menotti, so muß ja nun gar nichts anders werden in dem Hause; ich komme nun auch und bin daheim hier, und wir bleiben so zusammen, und Ihr seid unsere Mutter."

„O Rico, daß du es bist, daß du es bist! Wie hat doch der liebe Gott das alles so schön herausgeführt! Daß ich es alles dir zu übergeben habe und doch dableiben kann mit dem besten Gewissen. Ich will dir auch eine Mutter sein, Rico, sieh, du bist mir ja auch lange schon lieb wie ein eigenes Kind. Jetzt mußt du mich auch Mutter nennen, und das Stineli auch, und wir sind die glücklichste Haushaltung in ganz Peschiera."

„Jetzt müssen wir unser Lied fertig singen", rief der Silvio, dem es so ums Singen und Jauchzen war, daß er einen Ausweg haben mußte, und Rico und Stineli begannen noch einmal den Gesang in der größten Fröhlichkeit, denn es war ihnen nicht minder wohl ums Herz. Als sie aber damit fertig waren, sagte Stineli:

„Nun möchte ich noch ein Lied mit dir singen, Rico; weißt du, was für eines?"

„Ja, ich weiß es", antwortete Rico, „und ich will auch gern mithalten; wir wollen gleich beim Vers der Großmutter anfangen", und er stimmte an und sang so schön und tief heraus, wie er noch gar nie gesungen hatte, und Stineli sang mit seinem ganzen Herzen dazu:

> *„Er hat noch niemals was versehn*
> *In seinem Regiment,*
> *Und was er tut und läßt geschehn,*
> *Das nimmt ein gutes End'.*

Ei nun, so laß ihn ferner tun
Und red ihm nicht darein,
So wirst du hier im Frieden ruhn
Und ewig fröhlich sein."

Aber nach Riva ging der Rico nicht an dem Tage. Die Mutter Menotti hatte ihm geraten, gleich hinzugehen und der Wirtin seine veränderten Verhältnisse mitzuteilen, einen Geiger nach Riva zu beordern und gleich heute noch in sein Haus einzuziehen. Dieser Vorschlag gefiel dem Rico, und er eilte gleich fort. Die Wirtin hörte ihm mit der größten Verwunderung zu, als er ihr seine Mitteilungen machte; als er fertig war, rief sie ihren Mann herbei und bezeugte eine laute Freude und wünschte dem Rico allen Segen in sein Haus, und es kam ihr recht von Herzen. Sie verlor ihn ungern, aber sie hatte schon seit einiger Zeit den Verdacht gehegt, die Wirtin zu den „Drei Kronen" fahnde auf den Rico und mache ihn ihr noch abspenstig; das hätte sie nicht ertragen. Nun war der gefürchteten Tat der Riegel gestoßen, und daß der Rico ein Gutsherr geworden war, mochte sie ihm gönnen, denn sie hatte ihn immer wohl gemocht. Und der Mann hatte seine besondere Freude an der Sache, denn er hatte den Vater gekannt und konnte gar nicht begreifen, daß es ihm nie in den Sinn gekommen war, wie ihm der Rico aufs Haar gleich sehe. So nahm Rico einen freundlichen Abschied aus dem Hause, und als ihm die Wirtin unter der Tür noch einmal die Hand gab, empfahl sie sich noch für alle Fälle, wenn er etwa mit der Zeit einmal einen Anlaß von seinem Haus aus zu geben hätte. Noch an demselben Abend wußte ganz Peschiera die ganze Geschichte des Rico, wie sie sich zugetragen hatte, und dann noch viel dazu, und jedermann mochte dem Rico sein Glück gönnen, und einer sagte zum anderen: „Er paßt gerade als Herr auf sein Gütlein, als wäre er eigens dazu geschaffen worden."

Die Mutter Menotti aber wußte nicht, wie sie es dem neuen Besitzer gut genug machen wollte in seinem Hause. Sie rüstete das große Zimmer auf mit den zwei Fenstern über den Garten und auf den See hinab; von der Wand schauten schöne weiße Marmorfigürchen herunter, auf den Tisch kam ein duftender Blumenstrauß, und das ganze Zimmer sah so sauber und festlich aus, daß der Rico unter der Tür stehen blieb vor Erstaunen, wie er jetzt, vom Stineli geführt, heraufkam, wo die Mutter Menotti ihn empfangen wollte. Als diese ihn aber bei der Hand nahm und zum Fenster führte, wo er auf den flimmernden See hinunter und bis zu den violetten Bergen hinübersah, da stieg dem Rico so vieles auf im Herzen, daß es ihm vor Freude und Dank übervoll wurde und er nur leise sagen konnte:

„O wie schön! nun darf ich daheim sein!"

In der wohnlichen Stube mit den offenen Türen auf den Blumengarten wurde von dem Abend an, da Rico sein Haus bezogen hatte, von den vier Bewohnern desselben ein Tag nach dem anderen in solcher Fröhlichkeit und ungetrübtem Glücke verlebt, daß keines von allen bemerkte, wie rasch die Zeit dahinging.

Am Tage ging der Rico seinem pfeifenden Burschen nach zu den Feigenbäumen und auf den Acker hinaus ins Maiskorn, denn das mußte er nun alles behandeln lernen. Dann dachte der Bursche bei sich selbst: „Ich kann freilich mehr als mein Meister", und der Hochmut stieg ihm ein wenig in den Kopf gegen den Rico; aber am Abend klangen aus der erleuchteten Stube so schöne und herzgewinnende Weisen in den Garten hinaus, daß der Bursche sich an die Hecke lehnte und stundenlang lauschte, denn Musik ging ihm über alles. Dann sagte er zu sich: „Mein Meister kann doch mehr als ich", und bekam einen großen Respekt vor ihm.

Einundzwanzigstes Kapitel

Sonnenschein am Gardasee

So waren zwei Jahre dahingeflogen, immer ein Tag genußreicher als der andere. Da wußte Stineli, daß nun die Zeit seiner Abreise gekommen war, und es mußte stark mit sich kämpfen, daß es nicht den Mut verlor, denn fortgehen und vielleicht nie wiederkommen, das war der schwerste Gedanke, der noch je auf sein Herz gefallen war. Auch der Rico wußte, was nun sein sollte, und er sagte manchen Tag lang nur noch die notwendigsten Worte. Da wurde es der Mutter Menotti ganz unheimlich zumute und sie forschte der unbekannten Ursache nach, denn sie hatte schon lange vergessen, daß das Stineli sollte konfirmiert werden. Als nun diese Besorgnis herauskam, sagte die Mutter Menotti beruhigend: „Man kann schon noch ein Jahr warten", und so lebten alle in Freuden ein Jahr weiter.

Aber im dritten Jahr kam Bericht von Bergamo, es sei da einer angekommen aus den Bergen herunter, der habe Befehl, das Stineli mit nach Hause zu nehmen. Nun mußte es sein; der kleine Silvio gebärdete sich wie ein Besessener, aber es half nichts, gegen das Schicksal konnte er nicht aufkommen. Die Mutter Menotti sagte die letzten drei Tage hintereinander nur immerzu: „Komm nur auch wieder, Stineli; versprich dem Vater, was er will, wenn er dich nur wieder gehen läßt."

Der Rico sagte gar nichts mehr. So reiste das Stineli ab, und von dem Tage an lag es über dem Hause wie eine graue, schwere Wolke, wenn draußen die Sonne noch so schön schien. So blieb es vom November an bis zum Osterfest, da alle Leute sich freuten; aber in dem Hause blieb es ganz still. Und als das Fest vorüber war und draußen im Garten alles blühte und duftete, viel schöner als je, da saß eines Abends Rico neben dem Silvio und spielte die allertraurigste Melodie, die er kannte, und machte den kleinen Silvio ganz tiefsinnig; aber mit einem Male ertönte aus dem Garten eine Stimme dazwischen: „Rico, Rico, hast du keinen fröhlicheren Empfang für mich?"

Der Silvio schrie auf wie außer sich. Rico warf die Geige auf das Bett und sprang hinaus. Die Mutter stürzte mit Schrecken herbei. Da erschien auf der Schwelle mit dem Rico das Stineli. Und wie seine Augen wieder in die Stube hereinlachten – da war der langverlorene Sonnenschein zurückgekehrt, und es gab ein Wiedersehen von solcher Freude, wie sich keins von allen hatte vorstellen können in der Trennung. Da saßen sie wieder am Tisch bei Silvios Bett und es ging an ein Fragen und Erzählen und Berichten und wieder an ein Frohlocken über das Ende der schweren Trennungszeit; und es war ein solcher Festabend, daß man hätte denken können, diesen vier Menschen könne gar nichts mehr mangeln zu einem fertigen Glück. Aber dem Rico mußte es ganz anders sein. Mitten in der Fröhlichkeit fing er auf einmal zu staunen an, wie vorzeiten; doch währte es nicht so lange wie damals, er mußte ziemlich bald einen befriedigenden Endpunkt gefunden haben, denn plötzlich war das Staunen vorbei, und mit der größten Bestimmtheit sprach er die Worte aus:

„Das Stineli muß auf der Stelle meine Frau werden, sonst kommt es uns noch einmal fort, wir halten es nicht aus."

Der Silvio geriet sogleich in die äußerste Begeisterung für dieses Unternehmen, und es währte gar nicht lange, so waren alle einig darüber, daß es so sein müsse und gar nicht anders sein könnte. –

Am schönsten Maitage, der je über Peschiera geleuchtet hatte, bewegte sich ein langer Festzug von der Kirche her der

„Goldenen Sonne" entgegen. Voran kam der hochgewachse-
ne Rico stattlich dahergeschritten, an seiner Seite das froh-
äugige Stineli mit einem frischen Blumenkränzlein auf dem
Kopf; dann kam in weichgepolstertem Wägelchen, von zwei
fröhlichen Peschierabuben gezogen, der kleine Silvio, freu-
deglänzend wie ein Triumphator, darauf folgte die Mutter
Menotti, ganz gerührt und ergriffen in ihrem rauschenden
Hochzeitsstaat, nach ihr der Bursche mit einem Blumenstrauß, der ihm die ganze Brust bedeckte; und nun wogte
ganz Peschiera daher in der allerlautesten Teilnahme; denn
das schöne Paar wollten alle sehen und mit feiern. Es war wie
ein allgemeines Familienfest der Leute von Peschiera, nun
der verlorene und wiedergekehrte Peschierianer daranging,
sein festes Haus zu gründen in seiner Heimat.

Die Siegesfreude der Wirtin zur „Goldenen Sonne", als
sie den Zug vor ihrem Hause ankommen sah, ist nicht zu
beschreiben! Wo auch je nachher von irgendeiner Hochzeit,
hoch oder niedrig, die Rede war, da sagte sie mit Überlegen-
heit:

„Das ist alles gar nichts gegen Ricos Hochzeit in der ‚Goldenen Sonne'!"

In dem Hause am Blumengarten ging der Sonnenschein
nicht mehr verloren; aber Stineli sorgte auch dafür, daß das
Unser-Vater nie wieder vergessen wurde, und jeden Sonntagabend ertönte das Lied der Großmutter im hellen Chor den
Garten hinaus.